Diogenes Taschenbuch 20826

Agatha Christie

Der Fall der enttäuschten Hausfrau

Sechs Kriminalgeschichten
Auswahl und Einleitung von Peter Naujack
Aus dem Englischen von Günter Eichel

Diogenes

Die deutsche Erstausgabe dieser Auswahl
erschien 1964 im Diogenes Verlag

Umschlagzeichnung von
Tomi Ungerer

80/91/29/8
ISBN 3 257 20826 x

Inhalt

Vorwort

Forscht man nach dem Ausmaß der seit den zwanziger Jahren nicht abreißenden Beliebtheit der geistigen Erzeugnisse jener inzwischen dreiundachtzigjährigen, weißhaarigen alten Dame mit dem charmanten Lächeln, so wird man auf eine gewiß überraschende Feststellung stoßen. Was weder dem ehrenwerten Sir Arthur Conan Doyle mit seinem Superdetektiv Sherlock Holmes noch Edgar Wallace mit der Unzahl seiner Detektive, Polizeikommissare, wahnsinniger Mörder, finsterer Chinesen, ausgeklügelter Todesfallen und raffinierter Mordinstrumente gelang, hat sie geschafft: sie ist, was die Auflagenhöhe ihrer Werke betrifft, an die Spitze aller Detektiv- und Kriminalgeschichtenschreiber vorgestoßen, seit Edgar Allan Poe im Jahre 1841 diese Gattung mit der Veröffentlichung seiner Erzählung *Der Doppelmord in der Rue Morgue* aus der Taufe hob. Nach einer kürzlich erfolgten Erhebung der UNESCO über die Verbreitung von Werken der Weltliteratur – wobei mit Literatur nicht etwa jene von manchen Kritikern verstandene Auswahl von Werken mit übernationaler und überzeitlicher Gültigkeit, sondern der Gesamtbestand des Schrifttums der Völker gemeint ist – steht sie sogar mit ihren über siebzig in einhundertneun Sprachen übersetzten Büchern an dritter Stelle hinter der mit Abstand führenden Bibel und den Werken von Lenin. Schon 1950, als sie ihren fünfzigsten Kriminalroman veröffentlichte: *A Murder Is Announced,* schätzte man die Gesamtauflage ihrer Bücher in allen Sprachen auf über 100 Millionen; seitdem ist sie unaufhaltsam weitergeklettert.

Dieser Erfolg ist nicht so ohne weiteres einleuchtend. Hatte Agatha Christie der Gattung doch nichts eigentlich Neues hinzugefügt; sie hielt sich, bis auf wenige Ausnahmen - auf die eine oder andere werden wir noch zu sprechen kommen –, an die überlieferten, typisch englischen Formen. Ihre Morde spielen sich meist in abgelegenen, vorzugsweise viktorianischen und entsprechend möblierten Häusern ab, und der Täter, dessen Identität nicht vorzeitig preisgegeben werden darf, wird am Ende von dem Detektiv der Polizei als Hüterin von Recht und

Ordnung übergeben. Zuvor allerdings muß der Leser sich in einer brillanten Schlußfolgerung von dem Detektiv klarmachen lassen, was er auf Grund der mehr oder minder geschickt zwischen den Zeilen verstreuten Indizien schon längst hätte wissen müssen. Manchmal hilft dem Leser jedoch auch die Superintelligenz eines Sherlock Holmes nichts – wenn nämlich Autor und Detektiv sich zum Falschspiel verschworen haben und die Trumpfkarte bis zum Schluß im Ärmel verborgen halten. Wahrscheinlich liegt das Geheimnis der Beliebtheit Agatha Christies aber gerade darin, daß sie den literarischen Mord gewissermaßen verbürgerlichte, ihm das Abstoßende und Grauenhafte wirklicher Verbrechen nahm und ihn mit viel Phantasie ansprechend herausputzte, ohne dabei die notwendige Spannung zu vernachlässigen. Aber ›aufregend‹ – wie etwa die Produkte von Edgar Wallace – sind ihre Romane kaum. Margery Allingham charakterisierte das Erfolgsrezept ihrer Kollegin einmal mit dem treffenden Satz: ›Sie appelliert direkt an die aufrichtige menschliche Neugier in uns allen.‹

Agatha Mary Clarissa Miller erblickte im Jahre 1890 in Torquay, einem beliebten Seebad und Winterkurort an der Südküste Englands in der grünen Grafschaft Devon das Licht der Welt, wo sie nach ihren eigenen Worten eine sehr glückliche Kindheit verbrachte. Sie brauchte nicht zur Schule zu gehen, sondern wurde von ihrer Mutter zu Hause unterrichtet, was ihr viel Spaß machte. Schon damals erfand und erzählte sie phantastische Geschichten. Ihre Mutter, die ihr Talent frühzeitig erkannte und überhaupt davon überzeugt war, daß ihre Kinder alles fertigbrächten, half ihr bei der Auswahl ihres Lesestoffes und ermutigte sie zum Schreiben. Als ihre Tochter einmal mit einer starken Erkältung das Bett hüten mußte und sich zu Tode langweilte, ordnete sie einfach an: »Dann schreibst du am besten eine Geschichte. Und glaub ja nicht, daß du's nicht kannst! Natürlich kannst du's!« Die kleine Agatha fand Gefallen an der Sache und vergnügte sich mehrere Jahre damit, sentimentale Gedichte und finstere Gruselgeschichten in bester englischer Gespenstertradition zu schreiben, in denen allerdings fast alle vorkommenden Personen der Reihe nach draufgingen. Mit sechzehn Jahren brachte ihre Mutter sie auf eine Schule in Paris, wo sie gleichzeitig ein Gesangs- und Klavierstudium aufnahm. Zum Glück ganzer späterer Generationen begeisterter Detektivromanliebhaber entdeckte

sie jedoch bald, daß ihr schriftstellerisches Talent ihr musikalisches bei weitem überstieg, und schrieb weiter Geschichten, von denen sie ab und zu eine veröffentlichen konnte.
Während eines mit ihrer Mutter in Kairo verbrachten Winters begann sie einen Roman mit einer unmöglichen Anzahl von Personen zu schreiben, den sie jedoch selbstkritisch unvollendet in der Schublade verschwinden ließ. 1914 heiratete sie dann ihren ersten Mann, den gutaussehenden Lebenskünstler und Obersten im Königlich Britischen Fliegerkorps Archibald Christie.
Gegen Ende des Ersten Weltkrieges – den sie als Krankenschwester in verschiedenen Rotkreuz-Lazaretten in England und Frankreich verbrachte – begann sie ihren ersten Detektivroman. Herausgefordert wurde sie dazu von ihrer Schwester, die behauptete, es gäbe kaum einen Detektivroman, in dem sie den Täter nicht gleich zu Anfang herausfände. *Die geheimnisvolle Affäre bei Styles* wurde 1921 veröffentlicht und brachte ihr einen Vertrag mit einem großen Londoner Verlag ein. Gleich zu Beginn ihrer schriftstellerischen Karriere schuf sie hier Monsieur Hercule Poirot, einen kleinen, agilen und äußerst eitlen Belgier mit gewachstem Schnurrbart und Eierkopf, der alle Verbrechen mit Hilfe der ›kleinen grauen Zellen‹ seines Gehirns löst und gleichzeitig mörderische Angriffe auf die englische Sprache führt. Er wurde zur Zentralfigur von über fünfzig weiteren Romanen und zum auflagenmäßig erfolgreichsten Detektiv der Welt, obgleich es ihm nie gelang, den legendären Ruhm eines Sherlock Holmes, Father Brown, Dr. Thorndyke, Inspektor French und in jüngster Zeit Maigret und Lemmy Caution zu erreichen, deren Glanz den Namen ihrer geistigen Väter überstrahlt hat.*
Weitere fünf Romane folgten in den nächsten Jahren, und Agatha Christie begann sich als Schriftstellerin zu fühlen. Doch der große Erfolg ließ auf sich warten. Erst das Jahr 1926 mit *The Murder of Roger Ackroyd* (hierzulande bekannt unter dem nüchternen Titel *Alibi*) brachte den Durchbruch. Er war eine brillante *tour de force* mit einer verblüffenden Lösung, auf die der Leser mangels Indizien einfach nicht kommen konnte. Nur Poirot kann mit Hilfe seiner kleinen grauen Zellen und einer

* Mary Hottinger hat die vielschichtigen Ursachen dieses Phänomens in ihrer geistreichen ›Elegie für den Großen Detektiv‹ (in *Mehr Morde*, Diogenes Verlag) so interessant und erschöpfend behandelt, daß dem nichts mehr hinzuzufügen ist.

mehr intuitiven als logischen und realistischen Methode den Doppelmörder überführen: es ist der biedere, vertrauenerweckende Landarzt Dr. Shepard, der die ganze Geschichte vom ersten Kapitel an selbst erzählt. Genußvoll verschlungen vom breiten Publikum, brachte er schriftstellernde Kollegen auf den Plan. In der Criterion-Bar am Piccadilly Circus trafen sich die Mitglieder des neugegründeten Detection-Clubs und diskutierten lange und hitzig über die Legitimität der Mittel der Dame Christie (die am wenigsten verdächtige Person ist der Täter!), wenn sie ihr auch uneingeschränkt großes Geschick in der Anwendung dieses Kunstgriffes zugestanden.

Schließlich einigte man sich unter der Wortführung von Dorothy Sayers, Austin Freeman, Gilbert Keith Chesterton, Pater Ronald Knox und S. S. van Dine über die Regeln für den Detektivroman, deren Einhaltung in Zukunft jeder Anwärter feierlich beschwören mußte, wenn er in den Detection-Club aufgenommen werden wollte. Ihren deutschen Wortlaut finden wir zusammengefaßt in Ulrich Klevers *Roman vom Kriminalroman:*

1. Der Leser muß die gleichen Möglichkeiten haben, das Geheimnis zu enträtseln, wie der Detektiv. Alle Tatsachen müssen offen dargelegt werden!
2. Verpönt sind unbekannte, nicht nachweisbare Gifte sowie geheimnisvolle Chinesen.
3. In einem Roman ist nicht mehr als ein Geheimgang oder ein Geheimzimmer erlaubt.
4. Der Verbrecher muß im ersten Teil der Erzählung schon auftauchen. Er braucht jedoch die Gedanken der Leser nicht ungewöhnlich zu beschäftigen.
5. Alle übernatürlichen Fähigkeiten des Verbrechers wie des Detektivs sind verboten.
6. Zwillingsbrüder und Doppelgänger sollen nicht auftreten, es sei denn, sie wurden dem Leser versteckt oder offen angekündigt.
7. Der Verbrecher darf die Tat nicht begangen haben, weil er wahnsinnig ist. Der Autor muß die Tat dem Leser glaubhaft erklären können. Das Unmögliche muß also doch möglich gewesen sein, mag es aussehen wie es will.
8. Der Detektiv darf die Tat nicht selbst begangen haben.

Leider haben sich hinfort nur wenige an diese Regeln gehalten, die dem Leser ein Mitwirken bei dem vergnüglichen Spiel der

Verbrecherjagd im sicheren Schutz seiner vier Wände ermöglichen sollen.

Im Jahre 1927 verstrickte sich Agatha Christie selbst in eine geheimnisvolle Affäre, von der man nur noch hier und da munkeln hört. Man fand ihr Auto verlassen zwischen den Hügeln in der Nähe der Küste von Sussex – keinerlei Fußabdrücke, Spuren von Gewaltanwendung oder einem anderen Fahrzeug, das sie zum Umsteigen benutzt haben konnte, zeugten von ihrem mysteriösen Verschwinden. Sie schien sich in Luft aufgelöst zu haben. Eine fieberhafte Suche von Landpolizei und Scotland Yard setzte ein, die Zeitungsartikel überschlugen sich buchstäblich in wilden Gerüchten und Spekulationen, bis schließlich ein Polizeirevier einen rätselhaften Brief mit verschlüsselten Hinweisen erhielt, dessen Handschrift eine unverkennbare Ähnlichkeit mit der der großen Vermißten aufwies. Elf Tage später entdeckte man sie unter dem Namen einer anderen Frau – der Frau, die Archibald Christie später heiratete – in einem kleinen Hotel in Harrogate. Wohlwollende Leute bezeichneten es als einen Fall von Gedächtnisschwund, Lästerzungen als geschickte Eigenpropaganda im rechten Augenblick, und heute weiß wahrscheinlich nur noch Agatha Christie selbst, was an der ganzen Geschichte dran war.

Nach ihrer Scheidung im Jahre 1928 ging sie mit ihrer Tochter Rosalind auf Reisen und lernte 1930 bei einem Besuch der Ruinen von Ur in Mesopotamien ihren zweiten Mann, den Archäologen Max Mallowan kennen. Mit ihm hat sie seitdem viele Forschungsreisen und Ausgrabungen im Vorderen Orient unternommen. Zurückgezogen und öffentlichkeitsscheu lebt sie heute mit ihm in der Nähe ihres Geburtsortes in einem großen weißen Landhaus im georgianischen Stil. Dort verfaßt sie auch weiter jährlich ein bis zwei Detektivromane, für die sie ihren Worten nach drei Wochen bis neun Monate zum gedanklichen Entwurf und anschließend drei Monate zur endgültigen Niederschrift benötigt. Außerdem hat sie noch einige Hörspiele und Theaterstücke – ihr berühmtestes, *Die Mausefalle*, läuft seit 22 Jahren ununterbrochen in London – geschrieben sowie einen lebendigen und humorvollen Bericht über die verschiedenen Expeditionen mit ihrem Mann nach Syrien: *Come, Tell Me How You Live*. Weiterhin veröffentlichte sie unter dem Pseudonym Mary Westmacott zwei Romane: *Absent in the Spring* (1944) und *The Rose and the Yew Tree* (1948). Und natürlich eine große Anzahl von Kurzgeschichten.

Damit kommen wir zu unserer Auswahl, bei der wir uns nicht ausschließlich von den oben zitierten Regeln des Londoner Detection-Clubs leiten ließen. Sie will nur einen möglichst durchgehenden Querschnitt durch das vielseitige Schaffen Agatha Christies geben, immer mit dem Hauptziel, den Leser gut zu unterhalten. Außer dem bereits vorgestellten Monsieur Poirot begegnen wir hier einigen bei uns noch weitgehend unbekannten Detektiven, die sie jedoch mit der gleichen Liebe zum Detail schildert und lebendig macht.

Da ist Mr. Parker Pyne, ein beleibter, glatzköpfiger Mann mit starker Brille und kleinen, zwinkernden Augen, der mit sehr unorthodoxen Geschäftsmethoden auf verblüffende Weise die oft reichlich ausgefallenen Probleme seiner aus allen Kreisen stammenden Klienten löst. Sein Spezialgebiet ist das weite Feld der menschlichen Kümmernisse und Komplexe, vom ungetreuen Ehemann bis zum kleinen Angestellten und pensionierten Offizier, die mit ihrem langweiligen und ereignislosen Leben unzufrieden sind. Hier wie in den letzten drei Geschichten können wir vor allem die überschäumende Phantasie und die rasche, sich nie verhakende und mit einem tüchtigen Schuß Humor gewürzte Erzählweise der Autorin genießen.

In *Die Zigeunerin* und *Der seltsame Fall des Sir Arthur Carmichael* dagegen kommt uns Agatha Christie von einer ganz anderen Seite. Das wohl jedem Bewohner der britischen Inseln innewohnende Gefühl, daß es ›mehr Dinge zwischen Himmel und Erde‹ gibt, als sie der menschliche Geist erklären kann, scheint ihr hier die Feder geführt zu haben. Eine ähnliche, bei aller Handfestigkeit traumhaft verschwebende Atmosphäre finden wir in den drei Geschichten, in denen der mysteriöse Mr. Quin auftritt. Das Vorbild für seine Figur gab der Harlequin der italienischen *commedia dell'arte,* der Agatha Christies große Liebe von früher Jugend an galt. Er bleibt unsichtbar und tritt nur in Erscheinung, wenn er den Moment für gekommen hält, steht nur mit einem Bein in der Welt der Menschen und ist doch ihren Problemen verbunden, ein Freund der Liebenden und Anwalt der Toten, die nicht mehr für sich selbst sprechen können. Mit ihm entstand Mr. Satterthwaite, ein unscheinbarer, kleiner älterer Mann mit liebenswerten Zügen, der persönlich nie der Romantik oder dem Abenteuer begegnet ist. Er ist ein Zuschauer auf der Bühne des Lebens, der sich ständig danach sehnt, selbst eine aktive Rolle zu übernehmen, und unwiderstehlich

von den Spuren echten menschlichen Dramas angezogen wird. Mit Hilfe des mysteriösen Mr. Quin gelingt es ihm, unmöglich scheinende Lösungen geheimnisumwobener Fälle zu finden.
Der Spiegel des Toten wiederum ist ein klassisches Beispiel für die Detektivgeschichte, in der alle Spuren vor den Augen des Lesers ausgebreitet werden; doch so gerissen und einfallsreich, daß wohl letzten Endes die kleinen grauen Zellen von Hercule Poirot im Wettbewerb mit dem Leser als Sieger hervorgehen werden.
Die Zeugin der Anklage und *Villa Nachtigall* dürften schon eher bekannt sein. Sie wurden trotz anfänglicher Bedenken wieder aufgenommen, weil sie Agatha Christies Talent für überraschende Lösungen von der besten Seite zeigen.

Peter Naujack

Der Fall des unbefriedigten Soldaten

Major Wilbraham zögerte vor der Tür zum Büro des Mr. Parker Pyne, um – nicht zum erstenmal – jene Anzeige aus der Morgenzeitung zu lesen, die ihn hierhergeführt hatte. Sie hatte folgenden einfachen Text:

PERSÖNLICHES
Sind Sie glücklich? Wenn nicht, besuchen Sie Mr. Parker Pyne, 17 Richmond Street
FLORA – ich warte schon so lange!
Franz. Familie nimmt Paying Guests auf, 15 Min. v. Paris, gr. Haus auf eig. Grundstück

Der Major holte tief Luft und stürzte unvermittelt durch die Pendeltür, die in das Vorzimmer führte. Eine junge Frau sah von ihrer Schreibmaschine auf und warf ihm einen fragenden Blick zu.

»Mr. Parker Pyne?« sagte Major Wilbraham und wurde dabei rot.

»Wenn Sie bitte mitkommen wollen.«

Er folgte ihr in das Büro – in die Gegenwart des freundlichen Mr. Parker Pyne.

»Guten Morgen«, sagte Mr. Pyne. »Nehmen Sie doch bitte Platz. Und jetzt erzählen Sie, was ich für Sie tun kann.«

»Mein Name ist Wilbraham ...« begann der andere.

»Major? Colonel?«

»Major.«

»Aha! Und kürzlich aus Übersee zurückgekehrt? Aus Indien? Ostafrika?«

»Aus Ostafrika.«

»Ein schönes Land, wie ich annehme. Gut, und jetzt sind Sie also wieder daheim – und es gefällt Ihnen nicht. Ist das Ihr Kummer?«

»Sie haben vollständig recht. Zwar kann ich mir nicht vorstellen, woher Sie es wissen ...«

Mr. Parker Pyne wedelte eindrucksvoll mit der Hand. »Es gehört zu meinem Beruf, alles zu wissen. Sehen Sie: fünfundvierzig Jahre meines Lebens war ich damit beschäftigt, in einem Regierungsbüro Statistiken zusammenzustellen. Jetzt bin ich pensioniert, und da bin ich auf den Gedanken verfallen, diese Erfahrung zu verwerten – und zwar auf neuartige Weise. Alles ist ganz einfach. Wenn ein Mensch unglücklich ist, kann man diesen Zustand in vier hauptsächliche Rubriken einordnen – mehr sind es nicht, das versichere ich Ihnen. Sobald man erst einmal die Ursache eines Leidens kennt, ist eine Heilung keineswegs unmöglich.

Ich nehme eine Stellung ein, die der eines Arztes entspricht. Der Arzt diagnostiziert die Erkrankung des Patienten, und dann erst empfiehlt er eine bestimmte Behandlung. Es gibt Fälle, in denen keine Behandlung von Nutzen ist. Wenn dies der Fall ist, sage ich offen, daß ich nichts tun kann. Wenn ich aber einen Fall übernehme, garantiere ich praktisch für die Heilung.

Ich kann Ihnen versichern, Major Wilbraham, daß sechsundneunzig Prozent der pensionierten Erbauer des Empire – wie ich sie nenne – unglücklich sind. Sie vertauschen ein aktives Leben, ein Leben voller Verantwortung, ein Leben möglicher Gefahren, gegen – gegen was wohl? Gegen eingeengte Verhältnisse, ein scheußliches Klima und das allgemeine Gefühl, ein Fisch zu sein, der aufs Trockene geraten ist.«

»Alles, was Sie sagen, stimmt«, meinte der Major. »Was mir zu schaffen macht, ist die Langeweile. Die Langeweile und das endlose Geschwätz über belanglose dörfliche Angelegenheiten. Aber was kann ich daran ändern? Abgesehen von meiner Pension besitze ich noch etwas Geld. Ich habe ein hübsches Häuschen in der Nähe von Cobham. Ich kann es mir aber nicht leisten, auf die Jagd zu gehen oder zu fischen. Ich bin unverheiratet. Meine Nachbarn sind durchweg nette Leute, aber über unsere Insel reicht ihre Phantasie nicht hinaus.«

»Kernpunkt der ganzen Angelegenheit ist also, kurz gesagt, daß das Leben Ihrem Geschmack nach schal ist«, sagte Mr. Parker Pyne.

»Verdammt schal.«

»Lieber sind Ihnen Aufregung, möglicherweise Gefahr?« fragte Mr. Pyne.

Der Soldat zucke die Schultern. »So etwas gibt es in diesem vollgepfropften Land nicht.«
»Ich muß vielmals um Entschuldigung bitten«, sagte Mr. Pyne ernsthaft,« aber hier irren Sie. Wenn man weiß, wo man sich hinwenden muß, findet man selbst hier in London genügend Aufregung, genügend Gefahren. Sie haben nur die Oberfläche unseres englischen Lebens gesehen, die ruhig und angenehm ist. Es gibt jedoch auch noch eine andere Seite. Wenn Sie es wünschen, kann ich Ihnen diese andere Seite zeigen.«
Major Wilbraham sah ihn nachdenklich an. Irgend etwas Beruhigendes lag über diesem Mr. Pyne. Er war stattlich, um nicht zu sagen: dick. Er hatte einen kahlen, eindrucksvoll geformten Schädel, starke Brillengläser und kleine blinzelnde Augen. Und er verbreitete eine Atmosphäre – eine Atmosphäre der Verläßlichkeit.
»Ich sollte Sie jedoch darauf aufmerksam machen«, fuhr Mr. Pyne fort, »daß ein gewisses Risiko damit verbunden ist.«
Die Augen des Soldaten leuchteten auf. »Das geht schon in Ordnung«, sagte er. Dann, unvermittelt:
»Und – Ihr Honorar?«
»Mein Honorar«, sagte Mr. Pyne, »beträgt fünfzig Pfund, zahlbar im voraus. Sollten Sie sich in einem Monat immer noch im gleichen Stadium der Langeweile befinden, werde ich den Betrag zurückzahlen.«
Wilbraham überlegte. »Wirklich ein faires Angebot«, sagte er schließlich. »Ich bin einverstanden. Den Scheck schreibe ich Ihnen gleich aus.«
Die Verhandlungen wurden zu Ende geführt. Mr. Parker Pyne drückte auf einen Knopf, der sich an seinem Schreibtisch befand.
»Es ist jetzt ein Uhr«, sagte er. »Ich möchte Sie bitten, mit einer jungen Dame zu Mittag zu essen.« Die Tür öffnete sich. »Ach, Madeleine, meine Liebe, darf ich Ihnen Major Wilbraham vorstellen, der mit Ihnen zu Mittag essen wird.«
Wilbraham blinzelte leicht, was keineswegs verwunderlich war. Das Mädchen, das das Zimmer betrat, war schwarzhaarig und katzenhaft, hatte wundervolle Augen und lange schwarze Wimpern sowie eine vollkommene Erscheinung und einen sinnlichen dunkelroten Mund. Daß sie ausgesucht gekleidet war, brachte die biegsame Anmut ihrer Figur noch mehr zur Geltung. Von Kopf bis Fuß war sie vollkommen.

»Äh – entzückt«, sagte Major Wilbraham.
»Miss de Sara«, sagte Mr. Parker Pyne.
»Ihre Adresse habe ich«, gab Mr. Parker Pyne bekannt. »Morgen früh erhalten Sie weitere Instruktionen von mir.«
Major Wilbraham und die liebreizende Madeleine verabschiedeten sich.

Es war drei Uhr, als Madeleine zurückkehrte.
Mr. Parker Pyne blickte auf. »Na?« fragte er.
Madeleine schüttelte den Kopf. »Vor mir hat er Angst«, sagte sie. »Er hält mich für einen Vamp.«
»Das hatte ich mir schon gedacht«, sagte Mr. Parker Pyne. »Haben Sie meine Anordnungen befolgt?«
»Ja. Wir haben uns freimütig über die Gäste an den anderen Tischen unterhalten. Sein Typ ist blondhaarig, blauäugig, etwas blutarm und nicht zu groß.«
»Das dürfte nicht schwer sein«, sagte Mr. Pyne. »Bringen Sie mir Plan B herüber; mal sehen, wen wir im Augenblick auf Lager haben.« Er ging eine Liste durch, bis sein Finger bei einem Namen anhielt. »Freda Clegg. Ja, ich glaube, Freda Clegg paßt ausgezeichnet. Ich werde aber noch mit Mrs. Oliver darüber sprechen.«

Am nächsten Tag erhielt Wilbraham eine Notiz folgenden Inhalts: »Gehen Sie Montag vormittag um elf nach Eaglemont, Friars Lane, Hampstead, und fragen Sie nach Mrs. Jones. Geben Sie dabei an, Sie kämen von der Guaca Shipping Company.«

Gehorsam machte sich Major Wilbraham am folgenden Montag, der zufällig der Bankfeiertag war, auf den Weg nach Eaglemont, Friars Lane. Er machte sich auf den Weg – aber eintreffen tat er dort nie. Denn noch ehe er dort ankam, geschah etwas.
Alle Welt schien nebst Ehefrauen auf dem Weg nach Hampstead zu sein. Major Wilbraham wurde von Menschenmengen eingeschlossen, wurde in der Untergrundbahn fast erstickt und hatte große Schwierigkeiten, die genaue Lage der Friars Lane zu erkunden.
Sie war eine Sackgasse, eine verwahrloste Straße voller Schlaglöcher, und an beiden Seiten lagen die Häuser ein Stück von der Straße entfernt. Es waren geräumige Häuser, die einmal bessere Zeiten gesehen hatten und jetzt langsam verfallen durften.
Wilbraham schlenderte dahin und versuchte, die kaum mehr les-

baren Namen an den Gartentoren zu entziffern, als er plötzlich etwas hörte, das ihn erstarren und aufmerksam werden ließ. Es war eine Art gurgelnder, halberstickter Schrei.

Er ertönte wieder, und diesmal war andeutungsweise das Wort ›Hilfe‹ zu verstehen. Er kam aus dem Grundstück jenseits der Mauer, an der er gerade entlangging.

Ohne auch nur einen Augenblick zu zögern, stieß Major Wilbraham das gebrechliche Gartentor auf und rannte die von Unkraut überwucherte Auffahrt hinauf. In einem Gebüsch wehrte sich ein Mädchen verzweifelt gegen den Griff zweier riesiger Neger. Sich krümmend, windend und mit den Füßen stoßend, lieferte sie einen tapferen Kampf. Trotz ihrer wütenden Anstrengungen, den Kopf frei zu bekommen, hielt ihr der eine Neger den Mund zu.

Völlig von ihrer Auseinandersetzung mit dem Mädchen beansprucht, hatte keiner der Neger Wilbrahams Annäherung bemerkt. Zum erstenmal wurde ihnen seine Anwesenheit bewußt, als ein gewaltiger Schlag gegen die Kinnlade jenen Neger, der dem Mädchen den Mund zuhielt, rücklings zu Boden warf. Vor Überraschung wie gelähmt, lockerte der andere den Griff, mit dem er das Mädchen festhielt, und drehte sich um. Wilbraham war darauf vorbereitet. Wieder schoß seine Faust vor; der Neger taumelte zurück und fiel hin. Wilbraham wandte sich dem anderen zu, der sich ihm von hinten näherte.

Aber die beiden Männer hatten bereits genug. Der zweite rollte sich auf die Seite, setzte sich auf, sprang dann hoch und rannte plötzlich in Richtung der Gartenpforte. Sein Genosse folgte ihm dichtauf. Wilbraham machte sich sofort an ihre Verfolgung, überlegte es sich dann jedoch anders und kehrte zu dem Mädchen zurück, das keuchend an einem Baumstamm lehnte.

»Oh, ich danke Ihnen!« sagte sie, nach Luft ringend. »Es war entsetzlich.«

Zum erstenmal sah Major Wilbraham, wem er eigentlich – gerade noch rechtzeitig – zu Hilfe geeilt war. Es war ein Mädchen von vielleicht ein- oder zweiundzwanzig Jahren, blond, blauäugig und auf farblose Weise hübsch.

»Wenn Sie nicht gekommen wären!« sagte sie schweratmend.

»Schön ruhig«, sagte Wilbraham besänftigend. »Jetzt ist alles wieder gut. Ich glaube, wir sollten lieber von hier verschwinden. Möglicherweise kommen diese Kerle noch einmal zurück.«

Ein leises Lächeln zeigte sich auf den Lippen des Mädchens. »Das

glaube ich nicht – nach allem, wie Sie mit den beiden umgesprungen sind. Ach, Sie waren hinreißend!«
In der Wärme ihres bewundernden Blickes wurde Major Wilbraham rot. »Aber nicht doch«, sagte er verwirrt. »Das war gar nichts Besonderes und selbstverständlich. Damen belästigt man nicht. Sagen Sie: können Sie gehen, wenn Sie meinen Arm nehmen? Es war ein fürchterlicher Schock – ich weiß.«
»Ich bin jetzt wieder in Ordnung«, sagte das Mädchen. Dennoch nahm sie den angebotenen Arm. Sie war doch noch ein bißchen zittrig. Als sie durch die Pforte gingen, blickte sie noch einmal schnell zu dem Haus zurück. »Ich verstehe es nicht«, murmelte sie. »Das Haus steht doch ganz deutlich leer.«
»Leerstehen tut es, das stimmt«, bestätigte der Major, der die geschlossenen Fensterläden und die ganze verkommene Atmosphäre bemerkte.
»Und Whitefriars heißt es auch.« Sie deutete auf einen kaum mehr leserlichen Namen an der Pforte. »So hieß das Haus, zu dem ich gehen sollte.«
»Machen Sie sich jetzt doch darüber keine Gedanken«, sagte Wilbraham. »Gleich sind wir in einer Gegend, wo wir bestimmt ein Taxi finden. Dann fahren wir irgendwohin und trinken eine Tasse Kaffee.«
Am Ende der Straße kamen sie in eine belebtere Gegend, und wie der Zufall es wollte, hatte ein Taxi gerade einen Fahrgast vor einem der Häuser abgesetzt. Wilbraham winkte den Wagen heran, nannte dem Fahrer eine Adresse, und sie stiegen ein.
»Versuchen Sie nicht zu sprechen«, ermahnte er seine Begleiterin. »Lehnen Sie sich zurück. Sie haben Fürchterliches erlebt.«
Dankbar lächelte sie ihn an.
»Übrigens – äh – mein Name ist Wilbraham.«
»Und ich heiße Clegg – Freda Clegg.«
Zehn Minuten später nippte Freda an einer Tasse heißen Kaffees und blickte ihren Befreier über den kleinen Tisch hinweg dankbar an.
»Es kommt mir vor wie ein Traum«, sagte sie. »Wie ein böser Traum.« Sie erschauerte. »Und noch vor ganz kurzer Zeit wünschte ich, es würde irgend etwas passieren – irgend etwas! Ach nein, Abenteuer liegen mir doch nicht.«
»Jetzt erzählen Sie mir erst einmal, wie es dazu gekommen ist.«
»Ach Gott, wenn ich es Ihnen genau erzählte, fürchte ich, daß ich auch sehr viel über mich selbst erzählen muß.«

»Ein ausgezeichnetes Thema«, sagte Wilbraham mit einer leichten Verbeugung.

»Ich bin Waise. Mein Vater – er war Kapitän – starb, als ich acht Jahre alt war. Meine Mutter ist vor drei Jahren gestorben. Ich bin in der City beschäftigt, bei der Vacuum Gas Company – als Angestellte. In der vergangenen Woche saß zu Hause ein Herr, der auf mich wartete. Es war ein Rechtsanwalt, ein Mr. Reid aus Melbourne.

Er war sehr höflich und stellte mir verschiedene Fragen nach meiner Familie. Er erklärte, er hätte meinen Vater vor vielen Jahren persönlich gekannt. Genaugenommen hatte er einige Geschäfte für meinen Vater abgewickelt. Dann kam er zum Zweck seines Besuches. ›Miss Clegg‹, sagte er, ›ich habe Grund zu der Annahme, daß Sie möglicherweise in den Genuß einer finanziellen Transaktion kommen, die von Ihrem Vater etliche Jahre vor seinem Tod eingeleitet wurde.‹ Ich war natürlich äußerst überrascht.

›Es ist sehr unwahrscheinlich, daß Sie bisher irgend etwas über diese Angelegenheit erfahren haben‹, erklärte Mr. Reid. ›Ich kann mir vorstellen, daß John Clegg die Affäre überhaupt nicht ernstgenommen hat. Unerwarteterweise hat sie sich jedoch äußerst günstig entwickelt; allerdings fürchte ich, daß jeder Anspruch, den Sie erheben, davon abhängen dürfte, daß sich bestimmte Papiere in Ihrem Besitz befinden. Diese Papiere gehörten zum Vermögen Ihres Vaters, und es ist natürlich gut möglich, daß sie als wertlos vernichtet worden sind. Besitzen Sie vielleicht noch irgendwelche Unterlagen von Ihrem Vater?‹

Ich erklärte, daß meine Mutter verschiedene Sachen meines Vaters in einer alten Seekiste aufbewahrt hätte. Aus Neugierde hätte ich einmal ihren Inhalt durchgesehen, aber nichts entdeckt, was von Interesse war.

›Sie würden die Bedeutung dieser Dokumente vermutlich auch gar nicht merken‹, sagte er lächelnd.

Ich öffnete also die Kiste, holte die wenigen Papiere heraus, die noch darin lagen, und gab sie ihm. Er blätterte sie durch, meinte jedoch, daß man beim flüchtigen Durchsehen unmöglich sagen könnte, ob sie mit der fraglichen Angelegenheit in einem Zusammenhang stünden. Er würde sie daher mitnehmen und sich wieder mit mir in Verbindung setzen, wenn sich irgend etwas herausstellen sollte.

Am Sonnabend erhielt ich mit der letzten Post einen Brief von

ihm, in welchem er vorschlug, ich sollte zu ihm nach Hause kommen, um weiter über den Fall zu sprechen. Er teilte mir auch die Adresse mit: Whitefriars, Friars Lane, Hampstead. Heute vormittag um Viertel vor elf sollte ich dort sein.
Weil die Straße nicht einfach zu finden war, hatte ich mich etwas verspätet. Ich lief also durch die Gartenpforte und auf das Haus zu, als plötzlich die beiden schrecklichen Männer aus dem Gebüsch auf mich lossprangen. Ich hatte gar keine Zeit zum Schreien. Der eine hielt mir sofort den Mund zu. Ich verrenkte mir fast den Hals, um meinen Kopf frei zu bekommen und um Hilfe zu rufen. Glücklicherweise hörten Sie mich. Und wenn Sie nicht gewesen wären . . .« Sie verstummte. Ihr Blick war vielsagender als alle Worte.
»Ich bin heilfroh, daß ich zufällig zur Stelle war. Bei Gott – am liebsten würde ich mir diese beiden Bestien einmal vorknöpfen. Kennen tun Sie die beiden sicher nicht?«
Sie schüttelte den Kopf. »Was hat das Ihrer Ansicht nach wohl zu bedeuten?«
»Schwer zu sagen. Aber eines scheint doch ziemlich sicher. Unter den Papieren Ihres Vaters ist irgend etwas, das irgend jemand haben will. Dieser Reid hat Ihnen bestimmt ein Märchen erzählt, um Gelegenheit zu bekommen, die Papiere genau durchzusehen. Offenbar hat er dabei nicht gefunden, was er suchte.«
»Oh«, sagte Freda. »Jetzt fällt es mir wieder ein. Als ich am Sonnabend nach Hause kam, hatte ich das Gefühl, daß jemand in meinen Sachen herumgewühlt hatte. Um ehrlich zu sein: ich hatte schon meine Wirtin im Verdacht, sie hätte aus Neugier in meinem Zimmer herumgeschnüffelt. Aber jetzt . . .«
»Sie können sich darauf verlassen, daß Ihre Wirtin es nicht war. Irgend jemand hat sich Zutritt zu Ihrem Zimmer verschafft und es durchsucht, ohne jedoch zu finden, was er holen wollte. Er hatte den Verdacht, Sie kennten den Wert des Papiers, was es auch gewesen sein mag, und nahm an, Sie trügen es deshalb bei sich. Folglich plante er diesen hinterhältigen Überfall. Hätten Sie es bei sich gehabt, hätte er es Ihnen abgenommen; wenn nicht, hätte er Sie eingesperrt und versucht, aus Ihnen herauszubringen, wo es versteckt ist.«
»Aber was kann es denn nur sein?« rief Freda.
»Das weiß ich nicht. Da er sich aber soviel Mühe macht, muß es für ihn von einigem Wert sein.«
»Das ist doch unvorstellbar!«

»Ach, das will ich nicht unbedingt sagen. Ihr Vater war Seemann. Er kam in ziemlich abgelegene Gegenden. Vielleicht ist er dabei auf eine Sache gestoßen, deren wahrer Wert ihm niemals klargeworden ist.«

»Glauben Sie das wirklich?« Eine leichte Röte der Aufregung stieg in die blassen Wangen des Mädchens.

»Allerdings! Die Frage ist nur: was machen wir jetzt? Zur Polizei werden Sie, wie ich annehme, nicht gehen wollen?«

»O nein – bitte nicht.«

»Ich bin sehr froh, daß Sie das sagen. Ich kann mir nämlich nicht vorstellen, was die Polizei dabei nützen soll, und für Sie würde es doch nur Unannehmlichkeiten bedeuten. Ich mache Ihnen daher den Vorschlag, daß Sie mir erlauben, Sie irgendwo zum Essen einzuladen, und daß ich Sie dann nach Hause begleite, damit ich sicher bin, daß Sie dort gesund ankommen. Und dann könnten wir vielleicht auch nach dem Papier suchen. Weil es nämlich irgendwo sein muß – verstehen Sie?«

»Vielleicht hat Vater es selbst vernichtet?«

»Das ist natürlich möglich, aber die andere Seite ist offenbar nicht dieser Ansicht, und damit sieht die Geschichte für uns ziemlich hoffnungsvoll aus.«

»Um was kann es sich Ihrer Meinung nach wohl handeln? Um einen verborgenen Schatz?«

»Bei Gott – das wäre möglich!« rief Major Wilbraham, und diese Anregung ließ bei ihm das Kind im Manne voller Freude auferstehen. »Aber jetzt, Miss Clegg, wird erst einmal gegessen!«

Es war für die beiden eine angenehme Mahlzeit. Wilbraham erzählte Freda sein ganzes Leben in Ostafrika. Er schilderte Elefantenjagden, und das Mädchen war hingerissen. Nach der Mahlzeit bestand er darauf, sie in einem Taxi nach Hause zu bringen.

Sie wohnte in der Nähe von Notting Hill Gate. Als sie dort ankamen, hatte Freda eine kurze Unterhaltung mit ihrer Wirtin. Dann kehrte sie zu Wilbraham zurück und führte ihn in die zweite Etage, wo sie ein winziges Schlafzimmer und ein ebenso winziges Wohnzimmer gemietet hatte.

»Es ist genauso, wie wir angenommen haben«, sagte sie. »Am Sonnabend vormittag erschien ein Mann, der eine elektrische Leitung legen wollte; er erklärte, in meinem Zimmer müßte in der Leitung ein Kurzschluß sein. Und er hielt sich hier eine ganze Weile auf.«

»Zeigen Sie mir die Seekiste Ihres Vaters«, sagte Wilbraham.
Freda zeigte ihm die messingbeschlagene Kiste. »Sehen Sie«, sagte sie und klappte den Deckel hoch, »sie ist leer.«
Der Soldat nickte nachdenklich. »Und irgendwo anders haben Sie keine Papiere aufbewahrt?«
»Ganz bestimmt nicht. Mutter hat alles immer hier hineingetan.«
Wilbraham prüfte das Innere der Kiste. Plötzlich stieß er einen Ruf aus. »Hier ist ein Schlitz im Futter.« Sorgsam schob er seine Hand hinein und tastete herum. Ein leises Knistern belohnte ihn. »Irgend etwas ist hier hineingerutscht.«
Im nächsten Augenblick hatte er seinen Fund herausgezogen: ein mehrmals zusammengefaltetes Stück schmutzigen Papiers. Er glättete es auf dem Tisch; Freda blickte ihm über die Schulter. Sie stieß dabei einen Ruf der Enttäuschung aus.
»Das sind doch bloß ein paar komische Zeichen!«
»Das Ding ist in Swahili geschrieben. Ausgerechnet in Swahili!« rief Major Wilbraham. »Das ist ein ostafrikanischer Eingeborenendialekt, verstehen Sie?«
»Wie merkwürdig!« sagte Freda. »Können Sie es denn lesen?«
»Einigermaßen. Aber erstaunlich ist es schon.« Er trat mit dem Papier ans Fenster.
»Hat es etwas zu bedeuten?« fragte Freda bebend. Wilbraham las es zum zweitenmal durch, und dann kam er zu dem Mädchen zurück. »Ja«, sagte er leise lachend, »hier haben Sie tatsächlich Ihren verborgenen Schatz.«
»Meinen verborgenen Schatz? Das ist doch nicht wahr! Meinen Sie damit spanisches Gold – eine untergegangene Galione – oder etwas Ähnliches?«
»Vielleicht ist es nicht ganz so romantisch. Aber es läuft aufs gleiche hinaus. Auf diesem Papier ist das Versteck angegeben, in dem Elfenbein verborgen ist.«
»Elfenbein?« fragte das Mädchen erstaunt.
»Ja. Von Elefanten, verstehen Sie? Es gibt ein Gesetz, das genau vorschreibt, wieviel Elefanten man schießen darf. Irgendein Jäger hat es geschafft, dieses Gesetz in erheblichem Umfang zu umgehen. Man war ihm bereits auf der Spur, als er das Zeug versteckte. Es muß eine gewaltige Menge sein – und dieser Zettel enthält ziemlich genaue Angaben, wie man zu diesem Versteck kommt. Hören Sie zu: dieser Sache müssen wir – Sie und ich – unbedingt nachgehen.«

»Sie meinen, daß eine Menge Geld darin steckt?«
»Ein ganz hübsches Vermögen für Sie.«
»Aber wie ist dieses Papier unter die Sachen meines Vaters geraten?«
Wilbraham zuckte die Schultern. »Vielleicht hat der Bursche im Sterben gelegen oder so ähnlich. Vielleicht hat er das Ding vorsichtshalber in Swahili geschrieben und es Ihrem Vater gegeben, der mit ihm irgendwie befreundet war. Und da Ihr Vater es nicht lesen konnte, maß er ihm auch keine Bedeutung bei. Das ist zwar nur eine Vermutung, aber ich wage zu behaupten, daß sie nicht allzusehr neben das Ziel schießt.«
Freda stieß einen Seufzer aus. »Wie schrecklich aufregend!«
»Die Frage ist nur: was machen wir jetzt mit diesem kostbaren Dokument«, sagte Wilbraham. »Hierlassen möchte ich es nicht gern. Die Kerle könnten wiederkommen und noch einmal nachsuchen. Mir würden Sie es wahrscheinlich nicht gern anvertrauen?«
»Aber natürlich würde ich das! Aber – könnte es für Sie nicht gefährlich sein?« stammelte sie.
»Ich bin ein zäher Bursche«, sagte Wilbraham grimmig. »Meinetwegen brauchen Sie sich keine Gedanken zu machen.« Er faltete das Papier zusammen und legte es in seine Brieftasche. »Darf ich Sie morgen abend wiedersehen?« fragte er. »Bis dahin habe ich dann auch einen Plan ausgearbeitet und die verschiedenen Orte auf meiner Karte nachgesehen. Um welche Zeit kommen Sie aus der City nach Hause?«
»Gegen halb sieben komme ich nach Hause.«
»Großartig. Wir werden ein Palaver veranstalten, und anschließend darf ich Sie dann vielleicht zum Essen ausführen. Das müssen wir nämlich feiern. Also bis morgen um halb sieben!«
Pünktlich erschien Major Wilbraham am folgenden Tag. Er läutete und fragte nach Miss Clegg. Ein Dienstmädchen hatte die Tür geöffnet.
»Miss Clegg? Sie ist weggegangen.«
»Ach!« Wilbraham wollte nicht den Vorschlag machen, im Haus zu warten. »Ich komme nachher noch einmal vorbei«, sagte er.
Wartend wanderte er auf der Straße hin und her; von Minute zu Minute rechnete er damit, daß Freda auf ihn zu trippeln würde. Die Minuten verstrichen. Viertel vor sieben. Sieben. Viertel nach sieben. Immer noch keine Freda. Ein Gefühl des Unbehagens überkam ihn. Er kehrte zu dem Haus zurück und läutete wieder.

»Hören Sie«, sagte er. »Ich hatte mich mit Miss Clegg für halb sieben verabredet. Wissen Sie ganz genau, daß sie nicht zu Hause ist, oder hat sie vielleicht – äh – irgend etwas hinterlassen?«

»Sind Sie etwa Major Wilbraham?« fragte das Dienstmädchen.

»Ja.«

»Dann habe ich einen Brief für Sie. Er ist abgegeben worden.«

Wilbraham nahm ihn in Empfang und riß ihn auf. Er hatte folgenden Wortlaut: »Lieber Major Wilbraham, etwas sehr Merkwürdiges ist geschehen. Mehr will ich nicht darüber schreiben, aber können wir uns im Haus Whitefriars treffen? Kommen Sie, sobald Sie können. Ihre ergebene Freda Clegg.«

Wilbraham zog beim Lesen die Augenbrauen zusammen. Geistesabwesend holte seine Hand einen Brief aus der Tasche. Er war an seinen Schneider adressiert. »Ob Sie mir vielleicht mit einer Briefmarke aushelfen könnten?« fragte er das Dienstmädchen.

»Mrs. Parkins wird es wahrscheinlich können.«

Wenig später kehrte sie mit einer Briefmarke zurück. Bezahlt wurde die Marke mit einem Shilling. Gleich darauf befand Wilbraham sich bereits auf dem Weg zur Untergrundbahn, und im Vorübergehen ließ er den Brief in einen Briefkasten fallen.

Fredas Brief hatte ihn höchst unruhig gemacht. Was war der Grund, daß das Mädchen – und noch dazu allein – zum Schauplatz der gestrigen unheilvollen Begegnung gegangen war?

Er schüttelte den Kopf. Etwas Dümmeres hatte ihr wohl nicht einfallen können! War dieser Reid wieder aufgetaucht? War es ihm vielleicht auf irgendeine Art und Weise gelungen, das Vertrauen des Mädchens wiederzugewinnen? Was hatte sie nach Hampstead geführt?

Er blickte auf seine Uhr. Beinahe halb acht. Bestimmt hatte sie damit gerechnet, daß er um halb sieben aufbrechen würde. Eine ganze Stunde später also. Zuviel! Wenn sie nur so vernünftig gewesen wäre und ihm irgendeinen Hinweis gegeben hätte!

Der Brief irritierte ihn. Irgendwie paßte sein selbstbewußter Ton nicht zu Freda Clegg.

Es war zehn Minuten vor acht, als er die Friars Lane erreichte. Langsam wurde es dunkel. Er blickte sich aufmerksam um; kein Mensch war zu sehen. Vorsichtig drückte er gegen die morsche Pforte, so daß sie sich lautlos in ihren Angeln drehte. Die Auffahrt war verwaist. Das Haus lag im Dunkeln. Aufmerksam folgte er dem Weg und behielt dabei die beiden Seiten ständig im Auge. Er hatte nicht die Absicht, sich überraschen zu lassen. Plötzlich blieb er stehen. Für einen kurzen Augenblick war ein Lichtschimmer durch einen der Fensterläden gedrungen. Das Haus stand also nicht leer. Irgend jemand befand sich drinnen.

Leise verschwand Wilbraham im Gebüsch und arbeitete sich zur Rückfront des Gebäudes vor. Schließlich entdeckte er, was er suchte. Im Erdgeschoß war eines der Fenster nicht fest verschlossen. Es war das Fenster zu einer Art Abwaschküche. Er schob es hoch und ließ den Schein der Taschenlampe, die er auf dem Herweg in einem Laden gekauft hatte, durch den leeren Raum wandern; dann kletterte er hinein.

Vorsichtig öffnete er die Tür. Nichts war zu hören. Wieder ließ er die Taschenlampe aufblitzen. Eine Küche – leer. Vor der Küche sah er ein halbes Dutzend Treppenstufen und eine Tür, die offensichtlich zum vordern Teil des Hauses führte.

Er stieß die Tür auf und lauschte. Nichts. Er schlüpfte hindurch. Jetzt befand er sich in der vorderen Diele. Immer noch war kein Laut zu hören. Sowohl auf der rechten als auf der linken Seite befand sich jeweils eine Tür. Er entschloß sich für die rechte, lauschte eine Weile und drückte dann die Klinke hinunter. Sie gab nach. Zentimeter für Zentimeter öffnete er die Tür und trat in das Zimmer.

Wieder ließ er die Taschenlampe aufblitzen. Der Raum war unmöbliert und kahl.

Genau in diesem Moment hörte er hinter sich ein Geräusch, fuhr herum – aber zu spät. Irgend etwas landete auf seinem Kopf, und er stürzte vornüber in Bewußtlosigkeit ...

Wieviel Zeit verstrichen war, bis er das Bewußtsein wiedererlangte, konnte Wilbraham nicht sagen. Seine Rückkehr ins Leben war schmerzvoll; sein Kopf dröhnte. Er versuchte, sich zu bewegen, und stellte fest, daß es unmöglich war. Er war mit Stricken gefesselt.

Plötzlich konnte er wieder vollkommen klar denken. Jetzt erinnerte er sich. Er hatte einen Schlag auf den Kopf bekommen.

Ein schwacher Schimmer hoch oben an der Wand verriet ihm, daß er sich in einem kleinen Keller befand. Er sah sich um, und sein Herz machte einen Satz. Etwa einen Meter vor ihm entfernt lag Freda, gefesselt wie er selbst. Ihre Augen waren geschlossen; aber noch während er sie besorgt anschaute, seufzte sie, und ihre Augen öffneten sich. Ihr verwirrter Blick fiel auf ihn, und als sie ihn erkannte, leuchteten sie freudig auf.

»Sie auch!« sagte sie. »Was ist geschehen?«
»Ich habe Sie fürchterlich im Stich gelassen«, sagte Wilbraham. »Kopfüber bin ich in die Falle gestolpert. Sagen Sie – haben Sie mir einen Brief geschickt, ich solle mich hier mit Ihnen treffen?«
Vor Erstaunen wurden die Augen des Mädchens ganz groß. »Ich? Aber Sie waren es doch, der mir einen Brief schickte!«
»Ach so, ich habe Ihnen einen Brief geschickt?«
»Ja. Im Büro habe ich ihn bekommen. Sie schrieben, ich solle mich nicht bei mir zu Hause, sondern hier mit Ihnen treffen.«
»Bei beiden von uns also dieselbe Methode«, ächzte er, und dann erklärte er ihr alles.
»Ich verstehe«, sagte Freda. »Und die Idee bei dem ganzen war ...«
»Das Papier zu bekommen. Man muß uns gestern verfolgt haben. Auf diese Weise sind sie auf meine Spur gekommen.«
»Und – haben sie es bekommen?« fragte Freda.
»Unglücklicherweise kann ich leider nicht nachsehen«, sagte der Soldat und betrachtete reuevoll seine gefesselten Hände.
Und dann fuhren beide zusammen. Denn eine Stimme sprach – eine Stimme, die aus der leeren Luft zu kommen schien.
»Ja, vielen Dank«, sagte sie. »Jetzt habe ich es. Daran besteht kein Irrtum mehr.«
Die unsichtbare Stimme ließ beide erschauern.
»Mr. Reid«, murmelte Freda.
»Reid ist nur einer meiner Namen, meine liebe junge Dame«, sagte die Stimme. »Nur einer von vielen. Denn ich habe sehr viele Namen. Leider muß ich feststellen, daß ihr beide meine Pläne gestört habt – eine Sache, die ich nicht zulassen kann. Daß Sie das Haus entdeckt haben, ist eine sehr ernste Angelegenheit. Noch haben Sie es nicht der Polizei verraten, aber diese Möglichkeit besteht weiterhin.
Ich befürchte sehr, daß ich euch in dieser Angelegenheit nicht trauen kann. Versprechen könnt ihr mir viel – aber gehalten wird ein Versprechen nur selten. Und ihr müßt verstehen, daß dieses Haus für mich sehr nützlich ist. Es ist, wie man so sagt, eine Verrechnungsstelle – ein Haus, von dem es keine Wiederkehr gibt. Wer einmal hier ist, landet anderswo. Es tut mir zwar leid, aber auch ihr beide werdet anderswo landen. Bedauerlich – aber notwendig!«
Die Stimme schwieg sekundenlang, um dann fortzufahren.
»Ohne Blutvergießen. Ich verabscheue so etwas. Meine Methode

ist viel einfacher – und, soweit ich orientiert bin, auch lange nicht so schmerzvoll. Aber ich muß jetzt weiter. Guten Abend – ihr zwei beide!«

»Hören Sie zu!« Jetzt war es Wilbraham, der sprach. »Machen Sie mit mir, was Sie wollen. Aber diese junge Dame hat nichts getan – gar nichts. Es dürfte Ihnen doch nichts ausmachen, sie freizulassen.«

Es ertönte jedoch keine Antwort.

Im gleichen Augenblick stieß Freda einen Schrei aus. »Wasser – das Wasser!«

Trotz der damit verbundenen Schmerzen drehte Wilbraham sich um und schaute in die Richtung ihres Blickes. Aus einem Loch nahe der Decke quoll ständig Wasser.

Freda schrie hysterisch auf. »Man will uns ertränken!«

Auf Wilbrahams Stirn brach der Schweiß aus. »Noch sind wir nicht am Ende«, sagte er. »Wir werden um Hilfe rufen. Bestimmt hört uns irgend jemand. Los, und zwar zusammen!«

Sie schrien und brüllten, so laut sie konnten. Und erst als sie heiser waren, hörten sie damit auf.

»Ich fürchte, es hat keinen Sinn«, sagte Wilbraham betrübt. »Der Keller liegt zu tief, und wahrscheinlich sind die Türen abgedichtet. Und ich bin überzeugt, daß diese Bestie uns geknebelt hätte, wenn die Möglichkeit bestünde, uns zu hören.«

»Oh!« rief Frieda. »Und das alles ist meine Schuld. Ich habe Sie in diese Sache hineingezogen!«

»Darüber brauchen Sie sich nun wirklich keine Gedanken zu machen, meine Kleine. Vielmehr sind Sie es, um die ich mich sorge. Ich persönlich habe schon mehr als einmal in einer ziemlichen Klemme gesteckt und bin immer wieder herausgekommen. Verlieren Sie nur nicht den Mut. Ich bringe Sie hier schon wieder hinaus. Zeit haben wir genügend. Wenn das Wasser nicht stärker fließt, dauert es noch Stunden, ehe das Schlimmste passiert.«

»Wie wunderbar Sie sind!« sagte Freda. »Noch nie habe ich einen Mann wie Sie kennengelernt – außer in Romanen.«

»Unsinn – dazu braucht man nur eine Portion Vernunft. Aber jetzt muß ich erst einmal diese teuflischen Stricke lockern.«

Nach Ablauf einer Viertelstunde und vielem Zerren und Ziehen hatte Wilbraham das befriedigende Gefühl, daß seine Fesseln einigermaßen locker waren. Es gelang ihm, den Kopf so weit hinunter und die Hände so weit nach oben zu bringen, daß er in der Lage war, die Knoten mit seinen Zähnen zu erreichen.

Nachdem seine Hände frei waren, war das übrige nur noch eine reine Zeitfrage. Verkrampft und erstarrt, aber frei, beugte er sich über das Mädchen. Nach einer Minute war auch sie befreit. Das Wasser reichte ihnen erst bis zu den Knöcheln.

»Und jetzt«, sagte der Soldat, »nichts wie hinaus.«

Die Tür des Kellers lag einige Stufen höher. Major Wilbraham betrachtete sie prüfend.

»Das hier ist nicht schwierig«, sagte er. »Brüchiges Zeug! Die reißt schnell aus den Angeln.« Er lehnte sich mit der Schulter gegen die Tür und drückte kräftig dagegen. Das Holz fing an zu knacken – ein Krachen, und die Tür riß sich aus den Angeln. Draußen befand sich eine Treppe. An ihrem oberen Ende war eine Tür zu erkennen – aber diesmal war es eine Tür aus stabilem Holz, mit Eisen beschlagen.

»Das dürfte etwas schwieriger sein«, sagte Wilbraham. »Nanu – da haben wir aber Glück. Sie ist nicht abgeschlossen!«

Er stieß sie auf, blickte sich um und bedeutete dann dem Mädchen mit einer Kopfbewegung, ihm zu folgen. Sie kamen in einen Gang, der hinter der Küche lag. Im nächsten Augenblick standen sie in der Friars Lane unter den Sternen.

»Oh!« Freda schluchzte ein wenig. »Oh, wie schrecklich war das alles!«

»Mein armer Liebling!« Er nahm sie in die Arme. »Du bist so wunderbar tapfer gewesen. Freda, Liebling – mein Engel – könntest du vielleicht – ich meine, würdest du – ich liebe dich, Freda. Willst du mich heiraten?«

Nach einer entsprechenden Zeit, die für beide Seiten höchst zufriedenstellend verlief, sagte Major Wilbraham mit einem unterdrückten Lachen: »Und noch wichtiger ist, daß das Geheimnis des Elfenbeinverstecks uns immer noch gehört.«

»Aber sie haben dir das Papier doch abgenommen!«

Wieder lachte der Major. »Genau das haben sie eben nicht! Weißt du – ich habe einen zweiten Zettel mit falschen Angaben beschrieben, und bevor ich heute abend hierher kam, habe ich den richtigen in einen Briefumschlag gesteckt und an meinen Schneider geschickt. Die anderen haben jetzt nur den falschen Plan – und dazu wünsche ich ihnen viel Vergnügen! Weißt du, was wir jetzt machen, Liebstes? Wir fahren in den Flitterwochen nach Ostafrika und suchen das Versteck.«

Mr. Parker Pyne verließ sein Büro und stieg zwei Treppen höher.

Hier, unter dem Dach des Hauses, saß Mrs. Oliver, Verfasserin von Sensationsromanen und jetzt Mitglied von Mr. Pynes Stab. Mr. Parker Pyne klopfte an die Tür und trat ein. Mrs. Oliver saß an einem Tisch, auf dem sich eine Schreibmaschine, verschiedene Notizbücher und ein großes Durcheinander von Manuskriptseiten sowie eine große Tüte mit Äpfeln befanden.

»Eine sehr gute Geschichte, Mrs. Oliver«, sagte Mr. Parker Pyne heiter.

»Ist es gutgegangen?« fragte Mrs. Oliver. »Das freut mich.«

»Die Sache mit dem Wasser im Keller«, sagte Mr. Parker Pyne. »Glauben Sie nicht, daß sich für zukünftige Fälle – vielleicht – etwas Originelleres ...« Er machte diesen Vorschlag mit entsprechender Schüchternheit.

Mrs. Oliver schüttelte den Kopf und holte einen Apfel aus der Tüte. »Das glaube ich nicht, Mr. Pyne. Sehen Sie: die Leute sind daran gewöhnt, solche Dinge zu lesen. Wasser, das in den Keller läuft, Giftgas und so weiter. Weil sie darüber bereits Bescheid wissen, bedeutet es für sie eine besonders große Aufregung, wenn sie es nun endlich selbst erleben. Das Publikum ist konservativ, Mr. Pyne. Es hat eine besondere Vorliebe für die alten abgedroschenen Kniffe.«

»Na ja, Sie müssen es wissen«, gab Mr. Parker Pyne zu; dabei dachte er auch an die sechsundvierzig erfolgreichen Romane der Autorin, die alle in England und Amerika zu Bestsellern geworden waren und von denen freie Übertragungen ins Französische, Deutsche, Italienische, Ungarische, Finnische, Japanische und Abessinische existierten. »Und die Kosten?«

Mrs. Oliver schob ihm einen Zettel hin. »Alles in allem sehr bescheiden. Percy und Jerry, die beiden Neger, bekommen nicht viel. Lorrimer, der Schauspieler, hatte sich bereit erklärt, die Rolle des Mr. Reid für fünf Guineen zu übernehmen. Und die Sache im Keller hatten wir natürlich auf Platte aufgenommen.«

»Whitefriars ist für mich bisher äußerst nutzbringend gewesen«, sagte Mr. Pyne. »Ich habe es für ein Butterbrot gekauft, und mittlerweile ist es der Schauplatz von elf aufregenden Dramen gewesen.«

»Ach, das habe ich ganz vergessen«, sagte Mrs. Oliver. »Johnnys Honorar. Fünf Shilling.«

»Wer ist Johnny?«

»Der Junge, der mit Wasserkannen das Wasser durch das Loch in den Keller gegossen hat.«

»Ja, richtig! Übrigens, Mrs. Oliver – woher können Sie Swahili?«
»Das kann ich gar nicht.«
»Aha. Wahrscheinlich also das Britische Museum?«
»Nein – Delfridges Informationsbüro.«
»Wie wunderbar sind doch die Quellen des modernen Handels«, murmelte er.
»Das einzige, was mir Kummer macht«, sagte Mrs. Oliver, »ist, daß diese beiden jungen Leute keinen Elfenbeinschatz finden werden, wenn sie hinfahren.«
»Man kann auf dieser Welt nicht alles haben«, sagte Mr. Parker Pyne. »Statt dessen haben sie ihre Flitterwochen.«

Mrs. Wilbraham saß in einem Liegestuhl. Ihr Mann schrieb gerade einen Brief. »Welches Datum haben wir heute, Freda?«
»Den Sechzehnten.«
»Den Sechzehnten, bei Gott!«
»Was ist denn, Liebster?«
»Nichts. Mir fiel nur eben ein Mann mit Namen Jones ein.«
Auch wenn man noch so glücklich verheiratet ist, gibt es bestimmte Dinge, über die man nicht spricht.
Verdammt noch mal, überlegte Major Wilbraham, *eigentlich hätte ich doch noch vorbeigehen und mir das Geld zurückgeben lassen sollen.* Da er jedoch ein gerechter Mann war, betrachtete er auch die Kehrseite der Frage. *Schließlich habe ich den Vertrag nicht eingehalten. Wenn ich Jones aufgesucht hätte, wäre wahrscheinlich auch irgend etwas passiert. Und wie sich inzwischen herausgestellt hat, hätte ich Fredas Hilferufe nie gehört und sie nie kennengelernt, wenn ich nicht gerade zu diesem Jones unterwegs gewesen wäre. Folglich hat er indirekt also beinahe einen Anspruch auf jene fünfzig Pfund!*
Auch Mrs. Wilbraham verfolgte einen bestimmten Gedankengang. *Wie konnte ich nur so albern sein, das Inserat ernst zu nehmen und diesen Leuten noch drei Guineen zu bezahlen! Natürlich haben sie nichts dafür getan, so daß auch nichts passiert ist. Wenn ich vorher nur geahnt hätte, was alles passierte – zuerst dieser Mr. Reid, und dann die seltsame und romantische Art und Weise, wie Charlie in mein Leben trat. Und wenn ich überlege, daß ich ihm eigentlich nur aus purem Zufall begegnet bin!*
Sie wandte sich um und lächelte ihren Mann bewundernd an.

Der Fall der enttäuschten Hausfrau

Ein viermaliges Grunzen, eine unwillige Stimme, die fragte, warum eigentlich niemand seinen Hut in Ruhe lassen könnte, eine zugeknallte Tür, und Mr. Packington hatte sich auf den Weg gemacht, um den Zug um acht Uhr fünfundvierzig noch zu erreichen. Mrs. Packington setzte sich wieder an den Frühstückstisch. Ihr Gesicht war gerötet, ihre Lippen waren verzerrt, und der einzige Grund, warum sie nicht weinte, war, daß ihr Kummer in der letzten Minute von Ärger abgelöst worden war.

»Ich halte es nicht mehr aus«, sagte Mrs. Packington. »Ich halte es nicht mehr aus!« Grübelnd blieb sie noch eine kurze Weile so sitzen, und dann murmelte sie: »Diese Göre! Diese gemeine und gerissene Katze! Wie kann George nur so dumm sein!«

Der Ärger verschwand; der Kummer kehrte wieder zurück. Tränen stiegen Mrs. Packington in die Augen und rollten langsam die nicht mehr jungen Wangen hinunter.

»Es ist schön und gut, wenn man sagt, man hielte es nicht mehr aus – aber was kann ich dabei tun?«

Plötzlich kam sie sich allein, hilflos und völlig verloren vor. Langsam griff sie nach der Morgenzeitung und las, nicht zum erstenmal, auf der Titelseite eine Anzeige.

PERSÖNLICHES
Sind Sie glücklich? Wenn nicht, besuchen Sie Mr. Parker Pyne, 17 Richmond Street
FLORA – ich warte schon so lange!
Franz. Familie nimmt Paying Guests auf, 15 Min. v. Paris, gr. Haus auf eig. Grundstück

»Albern!« sagte Mrs. Packington. »Richtig albern!« Und dann: »Aber erkundigen könnte ich mich vielleicht ...«

Was erklärt, daß Mrs. Packington um elf Uhr, ein wenig aufgeregt, in Mr. Parker Pynes Privatbüro geführt wurde.

Wie bereits gesagt, war Mrs. Packington ein wenig aufgeregt, aber auf völlig unerklärliche Weise vermittelte der bloße Anblick Mr. Parker Pynes ein Gefühl der Geborgenheit. Mr. Pyne war stattlich, um nicht zu sagen: dick. Er hatte einen kahlen, eindrucksvoll geformten Schädel, starke Brillengläser und kleine blinzelnde Augen.

»Nehmen Sie bitte Platz«, sagte Mr. Parker Pyne. »Sie sind auf Grund meiner Anzeige hierhergekommen?« fügte er hilfsbereit hinzu.

»Ja«, sagte Mrs. Packington und verstummte wieder.

»Und Sie sind nicht glücklich«, sagte Mr. Parker Pyne in heiterem und sachlichem Tonfall. »Das sind nur sehr wenige. Sie wären erstaunt, wenn Sie wüßten, wie wenige Leute glücklich sind.«

»Wirklich?« sagte Mrs. Packington, ohne jedoch anzunehmen, es sei wichtig, ob andere Leute glücklich sind oder nicht.

»Das interessiert Sie nicht – ich weiß«, sagte Mr. Parker Pyne, »aber für mich ist es sehr interessant. Sehen Sie: fünfundvierzig Jahre meines Lebens war ich damit beschäftigt, in einem Regierungsbüro Statistiken zusammenzustellen. Jetzt bin ich pensioniert, und da bin ich auf den Gedanken verfallen, diese Erfahrung zu verwerten – und zwar auf neuartige Weise. Alles ist ganz einfach. Wenn ein Mensch unglücklich ist, kann man diesen Zustand in vier hauptsächliche Rubriken einordnen – mehr sind es nicht, das versichere ich Ihnen. Sobald man erst einmal die Ursache eines Leidens kennt, ist eine Heilung keineswegs unmöglich.

Ich nehme eine Stellung ein, die der eines Arztes entspricht. Der Arzt diagnostiziert die Erkrankung des Patienten, und dann erst empfiehlt er eine bestimmte Behandlung. Es gibt Fälle, in denen keine Behandlung von Nutzen ist. Wenn dies der Fall ist, sage ich offen, daß ich nichts tun kann. Ich versichere Ihnen jedoch, Mrs. Packington, daß ich für die Heilung praktisch garantiere, wenn ich einen Fall übernehme.«

War so etwas möglich? War alles nur Unsinn, oder stimmte es vielleicht doch? Hoffnungsvoll blickte Mrs. Packington ihn an.

»Sollen wir Ihren Fall erst einmal diagnostizieren?« sagte Mr. Parker Pyne lächelnd. Er lehnte sich weit zurück und legte die Fingerspitzen zusammen. »Der Kummer betrifft Ihren Mann. Ihre Ehe war, alles in allem glücklich. Ihr Mann hat, wie ich annehme, beruflich Erfolg gehabt. Ich glaube, daß eine junge Dame in diesen Fall verwickelt ist – vielleicht eine junge Dame aus dem Büro Ihres Mannes.«

»Eine Stenotypistin«, sagte Mrs. Packington. »Ein gemeines, aufgedonnertes Mädel – nichts als Lippenstift, seidene Strümpfe und Locken.« Diese Worte sprudelten nur so aus ihr heraus.
Mr. Parker Pyne nickte besänftigend. »Es ist überhaupt nichts dabei – das ist die Redensart Ihres Mannes, wie ich annehme.«
»Genau das sagt er immer.«
»Warum also sollte er sich nicht der reinen Freundschaft mit dieser jungen Dame erfreuen und daran gehindert werden, ein wenig Glanz und Freude in ihr so trübes Leben zu bringen? Das arme Kind, es hat so wenig Spaß am Leben. Das sind, wie ich mir vorstelle, seine Ansichten.«
Mrs. Packington nickte mit großem Nachdruck. »Humbug – alles nur Humbug! Er geht mit ihr an die Themse – ich selbst gehe auch gern dorthin, aber vor fünf oder sechs Jahren sagte er, das würde sich schlecht mit seinem Golfspiel vereinbaren lassen. Ihretwegen hat er das Golfspiel jedoch sogar aufgegeben. Ich gehe gern ins Theater – George hat immer gesagt, er wäre abends zu müde zum Ausgehen. Jetzt geht er mit ihr zum Tanzen – stellen Sie sich vor: zum Tanzen! Und kommt um drei Uhr morgens nach Haus. Ich – ich . . .«
»Und zweifellos beklagt er die Tatsache, daß Frauen so eifersüchtig, so unvernünftig eifersüchtig sind, wenn im Grund überhaupt kein Anlaß für Eifersucht existiert?«
Wieder nickte Mrs. Packington. »So ist es!« Mißtrauisch fragte sie: »Woher wissen Sie denn das alles?«
»Aus den Statistiken«, sagte Mr. Parker Pyne schlicht.
»Ich bin so unglücklich«, sagte Mrs. Packington. »Ich bin George immer eine gute Ehefrau gewesen. Früher habe ich mich bis zur Erschöpfung abgeplagt. Ich habe ihm geholfen weiterzukommen. Nie habe ich einen anderen Mann auch nur angesehen. Seine Sachen waren immer gestopft, er bekam gut zu essen, und sein Haushalt wurde von mir gut und sparsam geführt. Und jetzt, wo wir es endlich geschafft haben, uns verschiedenes leisten könnten, worauf ich mich damals immer gefreut hatte, weil es eines Tages vielleicht möglich sein würde – da kommt es so!« Sie schluckte schwer.
Mr. Parker Pyne nickte ernst. »Ich versichere Ihnen, daß ich Ihren Fall restlos verstehe.«
»Und – können Sie irgend etwas dabei tun?« Fast flüsternd fragte sie dies.
»Aber gewiß, meine liebe Dame. Es gibt ein Heilmittel. O ja, es gibt tatsächlich ein Mittel.«

»Und welches?« Mit großen Augen blickte sie erwartungsvoll.
Mr. Parker Pynes Worte kamen ruhig und fest. »Sie werden sich mir völlig anvertrauen, und das Honorar beträgt zweihundert Guineen.«
»Zweihundert Guineen?«
»Sehr richtig. Ein Honorar in dieser Höhe können Sie bezahlen, Mrs. Packington. Für eine Operation würden Sie diese Summe bestimmt zahlen. Glück ist jedoch genauso wichtig wie körperliche Gesundheit.«
»Die Bezahlung erfolgt wahrscheinlich hinterher?«
»Ganz im Gegenteil«, sagte Mr. Parker Pyne. »Sie bezahlen im voraus.«
Mrs. Packington erhob sich. »Ich fürchte, ich habe leider keine Möglichkeit . . .«
»Die Katze im Sack zu kaufen?« sagte Mr. Parker Pyne fröhlich. »Ja, vielleicht haben Sie recht. Eine ganze Menge Geld steht dabei auf dem Spiel. Aber andererseits müssen Sie dahin kommen, daß Sie mir vertrauen – verstehen Sie? Sie zahlen das Geld und bekommen damit eine Chance. Das sind meine Bedingungen.«
»Zweihundert Guineen?«
»Sehr richtig. Zweihundert Guineen. Das ist eine Menge Geld. Auf Wiedersehen, Mrs. Packington. Geben Sie mir bitte Nachricht, wenn Sie Ihre Ansicht geändert haben.« Er schüttelte ihr die Hand und lächelte sie an, ohne im geringsten verärgert zu sein.
Als sie gegangen war, drückte er auf einen Summerknopf an seinem Schreibtisch. Eine abschreckend aussehende junge Frau mit Brille kam daraufhin herein.
»Einen Aktenordner bitte, Miss Lemon. Und vielleicht sagen Sie Claude Bescheid, daß ich ihn wahrscheinlich in Kürze benötige.«
»Eine neue Klientin?«
»Ja, eine neue Klientin. Im Augenblick ist sie zwar noch störrisch, aber sie wird schon zurückkommen. Wahrscheinlich heute nachmittag gegen vier. Lassen Sie sie dann gleich herein und führen Sie sie zu mir ins Büro.«
»Plan A?«
»Plan A, natürlich. Interessant übrigens, daß jeder glaubt, sein Fall wäre einmalig. Na schön – sagen Sie Claude Bescheid. Und sagen Sie ihm gleich: nicht zu fremdländisch! Kein Parfüm, und die Haare soll er sich lieber kürzer schneiden lassen.«
Es war Viertel nach vier, als Mrs. Packington das Büro von Mr.

Parker Pyne betrat. Sie holte ein Scheckheft hervor, schrieb einen Scheck aus und gab ihn ihrem Gegenüber. Eine Quittung wurde ausgestellt.
»Und jetzt?« Mrs. Packington sah ihn hoffnungsvoll an.
»Und jetzt«, sagte Mr. Parker Pyne lächelnd, »gehen Sie wieder nach Hause. Morgen, mit der Frühpost, erhalten Sie bestimmte Anweisungen, und ich wäre sehr froh, wenn Sie sie genau ausführen würden.«
In einem Zustand freudiger Erwartung ging Mrs. Packington nach Hause. Mr. Packington war bei seiner Heimkehr in abwehrbereiter Stimmung – bereit, seine Ansicht zu beweisen, falls die Szene, die sich beim Frühstück abgespielt hatte, fortgesetzt werden sollte. Erleichtert stellte er jedoch fest, daß seine Frau sich anscheinend nicht in Kampfesstimmung befand. Sie war vielmehr ungewöhnlich nachdenklich.
George hörte Radio und überlegte, ob Nancy, das liebe Kind, wohl erlauben würde, daß er ihr einen Pelzmantel schenkte. Sie war, wie er wußte, sehr stolz. Er wollte sie auf keinen Fall beleidigen. Andererseits hatte sie über die Kälte geklagt. Ihr Tuchmantel war nur ein Fähnchen; wärmen tat er bestimmt nicht. Vielleicht konnte er es so drehen, daß sie nichts dagegen haben würde ...
Sie müßten bald wieder einmal abends ausgehen. Es war ein Vergnügen, mit einem Mädchen wie Nancy in ein nettes Restaurant zu gehen. Immer merkte er genau, daß verschiedene junge Burschen ihn beneideten. Sie war auch ungewöhnlich hübsch. Und sie liebte ihn. In ihren Augen war er, wie sie selbst gesagt hatte, kein bißchen alt.
Er blickte auf und merkte, daß seine Frau ihn ansah. Plötzlich fühlte er sich schuldbewußt, was ihn ärgerte. Was war Maria doch nur für eine engstirnige, mißtrauische Frau! Nicht einmal ein kleines bißchen Glück gönnte sie ihm.
Er drehte das Radio ab und ging zu Bett.
Am folgenden Morgen erhielt Mrs. Packington zwei unerwartete Briefe. Der eine bestand aus einem Vordruck, mit welchem ein bekannter Schönheitsspezialist die vereinbarte Behandlung bestätigte. Der zweite war die Bestellung zu einem Schneider. Ein dritter stammte von Mr. Parker Pyne und bat sie um das Vergnügen, am gleichen Tag mit ihm im Ritz zu Mittag zu essen.
Mr. Packington erwähnte, daß er möglicherweise nicht zum Abendbrot nach Hause komme, da er noch eine geschäftliche

Besprechung hätte. Mrs. Packington nickte lediglich geistesabwesend, und als Mr. Packington das Haus verließ, gratulierte er sich selbst, daß er dem Sturm entronnen war.
Der Schönheitsspezialist war unvergeßlich. Soviel Nachlässigkeit! Warum denn nur, Madam? Vor Jahren hätte schon etwas unternommen werden müssen. Jedenfalls war es immer noch nicht zu spät.
Ihr Gesicht wurde bearbeitet; es bekam Kompressen, wurde geknetet und mit Dampf behandelt. Dann wurde es mit Schlamm beschmiert. Dann wurde es mit Crèmes massiert. Dann wurde es mit Puder bestäubt. Und schließlich bekam es den letzten Schliff. Als letztes reichte man ihr einen Spiegel. *Ich glaube, ich sehe tatsächlich jünger aus,* überlegte sie.
Die Anprobe beim Schneider verlief genauso aufregend. Als sie wieder herauskam, hatte sie das Gefühl, hübsch, modern und großartig auszusehen.
Um halb zwei erschien Mrs. Packington zu ihrer Verabredung im Ritz. Mr. Parker Pyne – makellos gekleidet und in eine Atmosphäre besänftigender Ruhe gehüllt – erwartete sie bereits.
»Bezaubernd«, sagte er, und sein erfahrener Blick betrachtete sie von Kopf bis Fuß. »Ich habe mir erlaubt, einen White Lady für Sie zu bestellen.«
Mrs. Packington, die noch keine Erfahrung mit Cocktail-Gewohnheiten besaß, zierte sich nicht. Während sie eifrig an der anregenden Flüssigkeit nippte, lauschte sie ihrem wohlwollenden Lehrmeister.
»Ihr Mann, Mrs. Packington«, sagte Mr. Parker Pyne, »muß in maßloses Erstaunen versetzt werden. Sie verstehen – in Erstaunen versetzt werden! Um dem etwas nachzuhelfen, werde ich Sie mit einem jungen Freund von mir bekannt machen. Sie werden heute mit ihm zu Mittag speisen.«
In diesem Augenblick kam ein junger Mann näher, der sich aufmerksam umblickte. Er erspähte Mr. Parker Pyne und trat höflich an ihren Tisch.
»Mr. Claude Luttrell – Mrs. Packington.«
Mr. Claude Luttrell war vielleicht knapp dreißig. Er war elegant, höflich, tadellos angezogen und äußerst umgänglich.
»Ich freue mich, Sie kennenzulernen«, murmelte er.
Drei Minuten später saß Mrs. Packington ihrem neuen Berater an einem kleinen Tisch mit zwei Plätzen gegenüber.

Zuerst war sie schüchtern, aber Mr. Luttrell nahm ihr bald jegliche Scheu. Er kannte Paris und hatte einige Zeit an der Riviera verbracht. Er fragte Mrs. Packington, ob sie vielleicht gern tanze. Mrs. Packington erwiderte, daß sie tatsächlich gern tanze, daß sie jedoch nur sehr selten dazugekommen sei, da Mr. Packington sich nichts daraus mache, abends noch auszugehen.
»Aber er kann doch nicht so unhöflich sein, ausgerechnet Sie zu Hause festzuhalten«, sagte Claude Luttrell lächelnd und entblößte eine blendende Reihe von Zähnen. »Heutzutage kann es einer Frau doch egal sein, ob ihr Mann eifersüchtig ist.«
Beinahe hätte Mrs. Packington gesagt, daß von Eifersucht gar nicht die Rede sein könne. Aber dieser Satz blieb unausgesprochen. Schließlich war diese Idee keineswegs abwegig.
Claude Luttrell erzählte leichthin von Nachtclubs. Es wurde verabredet, daß Mrs. Packington und Mr. Luttrell am folgenden Abend das beliebte Nachtlokal *Lesser Archangel* beehren würden.
Mrs. Packington war ein wenig aufgeregt, diese Tatsache ihrem Mann mitzuteilen. Sie spürte, daß George es ungewöhnlich und möglicherweise sogar lächerlich finden würde. Aber in diesem Fall blieben ihr jegliche Aufregungen erspart. Sie war zu nervös gewesen, es ihm beim Frühstück mitzuteilen, und um zwei Uhr erhielt sie telephonisch die Nachricht, die darauf hinauslief, daß Mr. Packington abends in der Stadt essen würde.
Der Abend war ein großer Erfolg. Schon als Mädchen war Mrs. Packington eine gute Tänzerin gewesen, und unter Mr. Luttrells geschickter Anleitung lernte sie sehr schnell die modernen Schritte. Er machte ihr Komplimente sowohl über ihr Kleid als auch über die Art ihrer Frisur. (Am Vormittag hatte sie eine Verabredung mit einem Modefriseur gehabt.) Als er sich von ihr verabschiedete, küßte er ihr auf höchst aufregende Weise die Hand. Seit Jahren hatte Mrs. Packington keinen Abend so genossen.
Verwirrende zehn Tage folgten. Mrs. Packington speiste zu Mittag, trank Tee, tanzte Tango, aß zu Abend und genoß. Sie erfuhr beinahe alles über Claude Luttrells traurige Kindheit. Sie erfuhr von den bedrückenden Umständen, unter denen sein Vater das ganze Vermögen verloren hatte. Sie erfuhr von seiner tragischen Romanze und von seinen verbitterten Gefühlen gegenüber Frauen im allgemeinen.
Am elften Tag tanzten sie im *Red Admiral*. Mrs. Packington erblickte ihren Ehegemahl, ehe dieser sie sah. George wurde von

der jungen Dame aus dem Büro begleitet. Beide Paare tanzten gerade.
»Guten Abend, George«, sagte Mrs. Packington leichthin, als ihre Bahnen sich einmal trafen.
Mit beträchtlichem Vergnügen bemerkte sie, wie das Gesicht ihres Mannes erst rot vor Erstaunen und dann dunkelrot anlief. Vermischt war dieses Erstaunen mit dem Ausdruck eines gewissen Schuldbewußtseins.
Amüsiert fühlte Mrs. Packington sich als Herrin der Situation. Armer alter George! Als sie wieder an ihrem Tisch saßen, beobachtete sie die beiden. Wie stark er geworden war, wie kahl, und wie entsetzlich er mit den Füßen stampfte! Er tanzte in der Art, wie es vor zwanzig Jahren üblich war. Armer George, wie schrecklich er sich danach sehnte, jung zu sein! Und das arme Mädchen, mit dem er tanzte, mußte so tun, als machte es ihr auch noch Spaß. Sie machte einen ziemlich gelangweilten Eindruck, aber das Gesicht lag auf seiner Schulter, so daß er es nicht sehen konnte.
Wieviel beneidenswerter, überlegte Mrs. Packington, war doch demgegenüber ihre eigene Lage. Sie warf dem vollkommenen Claude, der jetzt taktvoll schwieg, einen flüchtigen Blick zu. Wie gut er sie verstand. Nie fing er an zu streiten, wie ein Ehemann nach Ablauf einiger Jahre es unvermeidlich tat.
Wieder sah sie ihn an. Ihre Blicke trafen sich. Er lächelte; seine wunderschönen dunklen Augen, die so melancholisch, so romantisch waren, schauten zärtlich in die ihren.
»Sollen wir noch einmal tanzen?« flüsterte er.
Sie tanzten noch einmal. Es war himmlisch.
Sie war sich bewußt, daß Georges gebannter Blick ihnen folgte, als hätte ihn der Schlag gerührt. Sie erinnerte sich, daß hinter allem die Absicht steckte, ihn eifersüchtig zu machen. Wie lange das nun schon her war! In Wirklichkeit hatte sie jetzt gar nicht mehr den Wunsch, George eifersüchtig zu machen. Vielleicht regte es ihn auf. Und warum sollte er sich aufregen, der Arme? Alle waren so glücklich.

Als Mrs. Packington nach Hause kam, hatte Mr. Packington schon eine Stunde auf sie gewartet. Er machte einen verwirrten und unsicheren Eindruck.
»Hm«, bemerkte er. »Du bist also wieder da.«
Mrs. Packington legte ihren Abendmantel ab, der sie am selben

Vormittag vierzig Guineen gekostet hatte. »Ja«, sagte sie lächelnd, »ich bin wieder da.«
George hüstelte. »Äh – ziemlich komisch, daß wir uns getroffen haben.«
»Das fandest du also auch?« sagte Mrs. Packington.
»Ich – äh, ich dachte, daß man dem Mädchen mal eine Nettigkeit erweisen und es irgendwohin mitnehmen sollte. Zu Hause hat sie eine Menge Ärger. Ich dachte – äh, aus Nettigkeit, verstehst du?«
Mrs. Packington nickte. Der arme alte George ... Und dabei hatte er so fürchterlich mit seinen Füßen gestampft und war so in Hitze geraten, und so viel Spaß hatte es ihm gemacht.
»Wer war eigentlich der Bursche, mit dem du zusammen warst? Kennen tue ich ihn wohl nicht, oder?«
»Luttrell heißt er – Claude Luttrell.«
»Wie bist du denn zu dem gekommen?«
»Irgend jemand hat uns miteinander bekannt gemacht«, sagte Mrs. Packington andeutungsweise.
»Ziemlich merkwürdig von dir, zum Tanzen zu gehen – in deinem Alter. Du solltest dich nicht lächerlich machen, meine Liebe.«
Mrs. Packington lächelte. Sie verspürte dem Weltall gegenüber ein viel zu starkes Gefühl der Freundlichkeit, um ihm die naheliegende Antwort zu geben. »Eine Abwechslung ist auch einmal ganz schön«, sagte sie liebenswürdig.
»Du solltes etwas mehr aufpassen, verstehst du? Diese Salonlöwen laufen in Scharen herum. Und Frauen in deinem Alter machen sich manchmal entsetzlich lächerlich. Ich will dich nur warnen, meine Liebe. Ich habe es nämlich nicht gern, wenn du irgend etwas Unpassendes tust.«
»Ich finde diese körperliche Betätigung sehr wohltuend«, sagte Mrs. Packington.
»Hm – schon.«
»Und du wahrscheinlich auch«, sagte Mrs. Packington freundlich. »Wichtig ist doch vor allem, daß man glücklich ist, nicht? Ich weiß noch, wie du es eines Morgens, vor ungefähr zehn Tagen, beim Frühstück selbst gesagt hast.«
Ihr Mann blickte sie scharf an, aber ihr Gesichtsausdruck war nicht eine Spur sarkastisch. Sie gähnte.
»Ich muß zu Bett. Übrigens, George – in letzter Zeit bin ich etwas leichtsinnig gewesen. Demnächst kommen ein paar gräß-

liche Rechnungen. Du hast doch sicher nichts dagegen, nicht wahr?«

»Rechnungen?« sagte Mr. Packington.

»Ja. Für Kleider. Und Massagen. Und vom Friseur. Entsetzlich leichtsinnig bin ich gewesen – aber ich weiß, daß du nichts sagen wirst.«

Sie ging die Treppe hinauf. Mr. Packington blieb mit offenem Mund zurück. Erstaunlich nett hatte Maria sich in dieser Geschichte mit der abendlichen Begegnung verhalten; anscheinend war es ihr vollkommen gleichgültig. Aber ein Jammer war es, daß sie plötzlich auf die Idee gekommen war, Geld auszugeben. Ausgerechnet Maria – dieses Muster an Sparsamkeit!

»Weiber!« George Packington schüttelte den Kopf. Die Schwierigkeiten, in die der Bruder des Mädchens in letzter Zeit geraten war. Nun ja – es hatte ihn gefreut, dort helfen zu können. Trotzdem! Und verdammt noch mal: So gut gingen die Geschäfte nun auch wieder nicht.

Seufzend begab Mr. Packington sich langsam die Treppe hinauf. Manchmal erinnert man sich später jener Worte, die zu ihrer Zeit nicht den geringsten Eindruck machten. Erst am folgenden Morgen drangen bestimmte Worte, die Mr. Packington geäußert hatte, richtig in das Bewußtsein seiner Frau. Salonlöwen; Frauen in ihrem Alter; sich entsetzlich lächerlich machen!

Im Grunde ihres Herzens war Mrs. Packington eine tapfere Frau. Sie setzte sich und blickte den Tatsachen ins Auge. Ein Gigolo. Aus der Zeitung wußte sie alles über Gigolos. Sie wußte auch, wie lächerlich Frauen ihres Alters sich machen können.

War Claude ein Gigolo? Sie nahm es beinahe an. Aber Gigolos bekamen doch Geld, während Claude immer für sie bezahlte. Schön – aber letzten Endes war es doch Mr. Parker Pyne, der bezahlte, und nicht Claude – oder waren es nicht in Wirklichkeit ihre zweihundert Guineen?

War sie eine Frau mittleren Alters, die sich lächerlich machte? Lachte Claude Luttrell etwa hinter ihrem Rücken über sie? Bei diesem Gedanken wurde sie rot.

Und wenn schon! Claude war also ein Gigolo, und sie war eine Frau mittleren Alters, die sich lächerlich machte. Wahrscheinlich hätte sie ihm schon lange etwas schenken sollen. Ein goldenes Zigaretten-Etui. Oder etwas Ähnliches.

Ein seltsamer Zwang trieb sie aus dem Haus und zu *Asprey*.

Das Zigaretten-Etui wurde ausgesucht und bezahlt. Zum Mittagessen war sie wieder mit Claude verabredet.

Als sie den Kaffee tranken, zog sie es aus der Handtasche. »Ein kleines Geschenk«, murmelte sie.

Er blickte auf, runzelte die Stirn. »Für mich?«

»Ja. Ich – ich hoffe, es gefällt Ihnen.«

Seine Hand packte das Päckchen und schob es heftig über den Tisch. »Warum schenken Sie mir das? Ich nehme es nicht an. Nehmen Sie es zurück. Nehmen Sie es zurück, sagte ich!« Er war ärgerlich. Seine dunklen Augen funkelten.

»Verzeihung«, murmelte sie und legte es wieder in ihre Handtasche.

An jenem Tag herrschte zwischen ihnen Befangenheit.

Am folgenden Vormittag rief er sie an. »Ich muß Sie sprechen«, sagte er. »Kann ich heute nachmittag zu Ihnen kommen?«

Sie sagte, er solle um drei kommen.

Als er kam, war er sehr blaß, sehr erregt. Sie begrüßten sich. Die Befangenheit war noch deutlicher.

Plötzlich sprang er auf und starrte sie an. »Wofür halten Sie mich? Das ist es, was ich Sie fragen wollte. Wir sind doch Freunde gewesen, nicht wahr? Ja, Freunde. Und trotzdem halten Sie mich für einen – na ja, eben für einen Gigolo. Für ein Wesen, das sich von Frauen aushalten läßt. Das tun Sie doch, nicht?«

»Nein – nein.«

Er fegte ihren Widerspruch beiseite. Sein Gesicht war auffallend blaß geworden. »Das tun Sie doch! Und Sie haben sogar recht! Ich hatte den Auftrag, Sie auszuführen, Sie zu amüsieren, Ihnen den Hof zu machen und dafür zu sorgen, daß Sie Ihren Mann vergessen. Das war mein Beruf. Ein ziemlich widerlicher, was?«

»Warum erzählen Sie mir das?« fragte sie.

»Weil ich damit Schluß mache. Ich kann es einfach nicht mehr. Schon gar nicht bei Ihnen. Sie sind ganz anders. Sie gehören zu den Frauen, denen ich glauben könnte, denen ich vertrauen, die ich verehren könnte. Sie glauben, ich sage das alles nur, weil es zu diesem Spiel gehört.« Er kam näher. »Ich werde Ihnen jedoch beweisen, daß es nicht stimmt. Ich gehe weg – Ihretwegen. Ich werde alles tun, um ein Mann zu werden und nicht jenes ekelhafte Geschöpf zu bleiben, das ich in Ihren Augen bin.«

Plötzlich nahm er sie in seine Arme. Seine Lippen verschlossen ihren Mund. Dann ließ er sie los und trat zurück.

»Leben Sie wohl. Ich bin ein Schuft gewesen – schon immer. Aber ich schwöre, daß das jetzt anders wird. Wissen Sie noch, daß Sie einmal sagten, Sie läsen die Anzeigen in den Seufzerspalten so gern? Jedes Jahr werden Sie an diesem Tag von nun an dort eine Nachricht von mir finden, in der es heißt, daß ich nichts vergessen habe und jetzt endlich vorankomme. Dann werden Sie wissen, was Sie mir bedeutet haben. Und noch eines. Ich habe von Ihnen nichts angenommen. Ich möchte jedoch, daß Sie etwas von mir annehmen.« Er zog einen schlichten goldenen Siegelring vom Finger. »Er gehörte meiner Mutter. Ich möchte, daß Sie ihn tragen. Leben Sie wohl.«

Damit verließ er sie. Wie betäubt stand sie da, den goldenen Ring in der Hand.

George Packington kam zeitig nach Hause. Er stellte fest, daß seine Frau mit einem abwesenden Blick in das Kaminfeuer starrte. Freundlich, jedoch zerstreut sprach sie mit ihm.

»Hör mal zu, Maria«, stieß er plötzlich hervor. »Diese Geschichte mit dem Mädchen.«

»Ja, Lieber?«

»Ich – ich habe dich nie aufregen wollen, verstehst du. Mit ihr. Es war gar nicht so gemeint.«

»Ich weiß. Ich war so dumm. Meinetwegen kannst du mit ihr so oft zusammen sein, wie du willst, wenn es dich glücklich macht.«

Diese Worte hatten sicherlich den Zweck, George Packington aufzuheitern. Merkwürdigerweise ärgerten sie ihn jedoch. Wie kann man es genießen, ein Mädchen auszuführen, wenn die eigene Frau einen dazu drängt? Verdammt nochmal – aber anständig war es nicht! Das Gefühl, ein toller Kerl zu sein, in der Lage zu sein, mit dem Feuer zu spielen – dieses Gefühl erlosch und starb einen schmachvollen Tod. George Packington fühlte sich plötzlich müde und um vieles ärmer. Ein gerissenes kleines Biest war das Mädchen.

»Wenn du willst, könnten wir für eine Weile ein bißchen verreisen, Maria«, schlug er bescheiden vor.

»Ach, um mich brauchst du dir keine Gedanken zu machen. Ich bin sehr glücklich.«

»Aber ich möchte dich gern mitnehmen. Wir könnten zum Beispiel an die Riviera fahren.«

Mrs. Packington lächelte ihn gedankenverloren an.

Der arme alte George. Sie hatte ihn richtig gern. Er war so ein armseliger lieber Schatz. Im Gegensatz zu ihr besaß sein Leben

keinen geheimen Glanz. Sie lächelte mit noch größerer Zärtlichkeit.
»Es wäre bezaubernd, mein Liebling«, sagte sie.

Mr. Parker Pyne unterhielt sich mit Miss Lemon. »Die Spesenabrechnung?«
»Einhundertzwei Pfund, vierzehn Shilling und sechs Pence«, sagte Miss Lemon.
Die Tür wurde aufgestoßen, und herein kam Claude Luttrell. Er sah schwermütig aus.
»Morgen, Claude«, sagte Mr. Parker Pyne. »Alles zufriedenstellend erledigt?«
»Ich nehme es an.«
»Und der Ring? Welchen Namen hast du übrigens eingravieren lassen?«
»Matilda«, sagte Claude düster. »1899.«
»Ausgezeichnet. Und welchen Wortlaut für die Anzeige?«
»Komme voran. Vergesse nichts. Claude.«
»Notieren Sie das bitte, Miss Lemon. Für die Seufzerspalte. Jeweils am dritten November für – einen Moment: die Ausgaben betrugen bisher einhundertzwei Pfund, vierzehn Shilling und sechs Pence. Gut, sagen wir also für zehn Jahre. Damit verbleibt uns ein Gewinn von zweiundneunzig Pfund, zwei Shilling und vier Pence. Das ist angemessen. Wirklich angemessen.«
Miss Lemon verschwand.
»Jetzt will ich Ihnen was sagen«, brach es aus Claude heraus. »Mir gefällt das nicht mehr. Ein gemeines Spiel ist das alles.«
»Mein lieber Junge!«
»Ein ganz gemeines Spiel. Diese Mrs. Packington war eine anständige Frau – eine von der guten Sorte. Und ganz schlecht ist mir geworden, wie ich ihr diese ganzen Lügen auftischen mußte, dieses ganze rührselige Zeugs – verdammt nochmal!«
Mr. Parker Pyne rückte seine Brille gerade und betrachtete Claude mit einer Art wissenschaftlichem Interesse. »Ach du lieber Himmel!« sagte er trocken. »Ich kann mich gar nicht erinnern, daß das Gewissen dich bei deiner etwas – ähem – berüchtigten Karriere jemals geplagt hätte. Deine Affären an der Riviera waren beispielsweise besonders unverschämt, und die Art, wie du Mrs. Hattie West, die Witwe des kalifornischen Gurkenkönigs, geschröpft hast, zeichnete sich besonders durch den von dir dabei entwickelten hartnäckigen Erwerbstrieb aus.«

»Meinetwegen, aber jetzt fange ich eben an, anders darüber zu denken«, sagte Claude murrend. »Es ist – schön ist es nicht, dieses Spiel.«
Mr. Parker Pyne sprach mit der Stimme eines Schuldirektors, der seinen Lieblingsschüler ermahnt. »Du, mein lieber Claude, hast etwas höchst Verdienstvolles getan. Du hast einer unglücklichen Frau das gegeben, was jede Frau braucht – eine Romanze. Eine Leidenschaft wird von den Frauen mit Haut und Haaren verschlungen, ohne daß sie etwas davon haben; eine Romanze können sie jedoch in Lavendel verpacken und in den kommenden Jahren immer wieder anschauen. Ich kenne die menschliche Natur, mein Junge, und sage dir eines: Von einem derartigen Vorfall kann eine Frau jahrelang zehren!« Er hüstelte. »Mrs. Packington gegenüber haben wir unseren Auftrag äußerst zufriedenstellend ausgeführt.«
»Und trotzdem paßt mir das alles nicht mehr«, knurrte Claude. Damit verließ er das Zimmer.
Mr. Parker Pyne zog einen neuen Aktenordner aus der Schublade. Auf den Deckel schrieb er: *Interessante Gewissensspuren bei einem abgebrühten Gigolo. Anmerkung: Entwicklung beobachten.*

Der Fall des Büroangestellten

Mr. Parker Pyne lehnte sich nachdenklich in seinem Drehstuhl zurück und blickte seinen Besucher prüfend an. Er sah einen kleinen, stämmig gebauten Mann von etwa fünfundvierzig Jahren mit sehnsüchtigen, verwirrten und schüchternen Augen vor sich, die ihn in einer Art ängstlicher Zuversicht anschauten.

»Ich habe in der Zeitung Ihre Anzeige gelesen«, sagte der kleine Mann nervös.

»Sie haben Schwierigkeiten, Mr. Roberts?«

»Nein – Schwierigkeiten eigentlich nicht.«

»Sie sind unglücklich?«

»Das würde ich auch nicht unbedingt sagen. Ich habe an sich genügend Grund, dankbar zu sein.«

»Das haben wir alle«, sagte Mr. Parker Pyne. »Aber wenn man sich diese Tatsache in Erinnerung rufen muß, ist es ein schlechtes Zeichen.«

»Ich weiß«, sagte der kleine Mann eifrig. »Genau das ist es doch! Sie haben den Nagel auf den Kopf getroffen, Sir.«

»Wie wäre es, wenn Sie mir einiges über sich erzählten«, schlug Mr. Parker Pyne vor.

»Da gibt es nicht viel zu erzählen, Sir. Wie gesagt, habe ich allen Anlaß, dankbar zu sein. Ich habe eine Stellung. Ich habe es geschafft, etwas Geld zurückzulegen, und die Kinder sind kräftig und gesund.«

»Und was – fehlt Ihnen nun?«

»Ich – ich weiß nicht.« Er wurde rot. »Wahrscheinlich werden Sie mich für dumm und einfältig halten, Sir.«

»Aber bestimmt nicht«, sagte Mr. Parker Pyne.

Durch geschickte Fragen gelang es ihm, größeres Zutrauen zu erwecken. Er erfuhr, daß Mr. Roberts in einer gutbekannten Firma angestellt war und langsam, jedoch stetig, befördert wurde. Er erfuhr, daß Mr. Roberts verheiratet war, daß er Mühe hatte, den Eindruck eines gewissen Wohlstandes aufrechtzuerhalten, den Kindern eine ordentliche Erziehung zuteil werden zu lassen und dafür zu sorgen, daß sie einen ›anständigen Eindruck‹ machten, und daß es ihm – wenn auch nur sehr mühsam – gelang, jedes Jahr ein paar Pfund auf die Seite zu legen. Was Mr. Parker Pyne erfuhr, war genaugenommen die Lebensgeschichte eines Mannes, der sich unaufhörlich bemüht, am Leben zu bleiben.

»Und – ja, jetzt wissen Sie also, wie es aussieht«, gestand Mr. Roberts. »Meine Frau ist nicht da. Sie ist mit den beiden Kindern bei ihrer Mutter. Eine kleine Abwechslung für die drei, und meine Frau kann sich ein bißchen ausruhen. Für mich war kein Platz mehr, und woanders hinzufahren, können wir uns nicht leisten. Augenblicklich bin ich allein, und als ich die Zeitung las und Ihre Anzeige sah, kamen mir verschiedene Gedanken. Ich bin achtundvierzig. Und ich überlegte ... Überall passieren doch irgendwelche Sachen«, sagte er zum Schluß seines Berichtes, und in seinem Blick lag seine ganze sehnsuchtsvolle vorstädtische Seele.

»Sie möchten«, sagte Mr. Pyne, »zehn Minuten lang ein ruhmreiches Leben führen?«

»Ganz so würde ich es vielleicht nicht ausdrücken. Aber vielleicht haben Sie recht. Ich möchte einmal aus dem ewig gleichen Trott heraus. Anschließend würde ich dankbar wieder dahin zurückkehren – wenn ich nur etwas hätte, an das ich mich immer wieder erinnern könnte.« Besorgt blickte er den anderen an. »Aber das wird wahrscheinlich unmöglich sein, Sir? Ich fürchte – ich fürchte, ich kann nicht allzu viel dafür ausgeben.«

»Wieviel glauben Sie, dafür ausgeben zu können?«

»Vielleicht fünf Pfund, Sir.« Er wartete – mit angehaltenem Atem.

»Fünf Pfund«, sagte Mr. Parker Pyne. »Ich glaube – ich glaube fast, wir können für fünf Pfund irgend etwas arrangieren. Haben Sie Angst vor Gefahren?« fügte er scharf hinzu.

Eine leichte Färbung stieg in Mr. Roberts' blasses Gesicht. »Gefahren sagten Sie, Sir? O nein – gar nicht. Ich – ich habe in meinem Leben noch nie etwas Gefährliches erlebt.«

Mr. Parker Pyne lächelte. »Kommen Sie morgen wieder; ich werde Ihnen dann sagen, was ich für Sie tun kann.«

Das *Bon Voyageur* ist ein wenig bekanntes Lokal, das nur von wenigen Stammgästen besucht wird. Diese Stammgäste haben etwas gegen Neulinge.

Mr. Parker Pyne betrat das *Bon Voyageur* und wurde mit respektvoller Anerkennung begrüßt. »Ist Mr. Bonnington hier?« fragte er.

»Jawohl, Sir. Er sitzt an seinem üblichen Platz.«
»Gut. Dann werde ich mich zu ihm setzen.«
Mr. Bonnington war ein Mann von militärischem Aussehen und mit einem etwas dümmlichen Gesicht. Er begrüßte seinen Freund mit Vergnügen.
»Tag, Parker. Neuerdings sieht man dich kaum mehr. Ich hatte keine Ahnung, daß du auch hierher kommst.«
»Ab und zu bin ich einmal hier. Besonders dann, wenn ich die Absicht habe, einen alten Freund wiederzusehen.«
»Meinst du mich damit?«
»Damit meine ich dich. Weißt du – ich habe mir die Angelegenheit, über die wir gestern sprachen, noch einmal durch den Kopf gehen lassen.«
»Die Geschichte mit Peterfield? Hast du schon das Neueste in der Zeitung gelesen? Nein – das kannst du doch gar nicht. Erst heute abend wird es in den Zeitungen stehen.«
»Was ist denn das Neueste?«
»Peterfield ist in der vergangenen Nacht ermordet worden«, sagte Mr. Bonnington und aß gelassen seinen Salat.
»Ach du lieber Himmel!« rief Mr. Pyne.
»Mich hat es überhaupt nicht überrascht«, sagte Mr. Bonnington. »Ein dickköpfiger alter Knabe, dieser Peterfield. Wollte einfach nicht auf uns hören. Bestand darauf, die Pläne bei sich zu behalten.«
»Haben sie sie erwischt?«
»Nein. Anscheinend war vorher irgendeine Frau bei ihm und hat dem Professor ein Rezept gebracht, wie man einen Schinken zubereitet. Geistesabwesend wie üblich, hat er das Kochrezept in den Safe eingeschlossen und die Pläne in der Küche liegenlassen.«
»Ein Glück!«
»Das ist fast schon mehr als Glück. Aber jetzt weiß ich immer noch nicht, wer sie nach Genf bringen soll. Maitland liegt noch im Krankenhaus. Carslake ist in Berlin. Ich kann hier nicht weg. Bleibt also nur der junge Hooper.« Er sah seinen Freund an.
»Bist du immer noch derselben Ansicht?« fragte Mr. Parker Pyne.
»Absolut! Er ist dahinter her! Ich weiß es genau. Aber ich habe nicht den Schatten eines Beweises. Trotzdem will ich dir das eine sagen, Parker: Ich weiß, wenn einer nicht ganz astrein ist! Und ich möchte unbedingt, daß die Pläne auch wirklich nach Genf kommen. Zum erstenmal wird eine Erfindung nicht an eine

Nation verkauft, sondern freiwillig ausgehändigt. Das ist die schönste Friedensgeste, die jemals unternommen worden ist, und sie muß daher zustande gebracht werden. Aber Hooper ist ein Gauner. Du wirst sehen, daß er im Zug betäubt wird! Wenn er ein Flugzeug nimmt, wird es da landen, wo es den anderen paßt! Verdammt noch mal – ich kann einfach nicht tun, als wäre alles in Ordnung mit ihm. Disziplin! Man muß auf Disziplin achten! Deswegen habe ich auch gestern mit dir darüber gesprochen.«
»Du fragtest mich, ob ich vielleicht jemanden wüßte.«
»Ja. Weil ich dachte, es fiele so ungefähr in dein Gebiet. Vielleicht irgendein Feuerfresser, der endlich mal was erleben will. Alle, die ich schicke, müssen damit rechnen, fertiggemacht zu werden. Dein Mann würde dagegen wahrscheinlich nicht einmal verdächtigt! Aber Nerven muß er trotzdem haben.«
»Ich glaube, ich kenne jemanden, der es tun würde«, sagte Mr. Pyne.
»Gott sei Dank gibt es immer noch Kerle, die eine Gefahr auf sich nehmen. Also gut – abgemacht?«
»Abgemacht«, stimmte Mr. Parker Pyne zu.

Mr. Parker Pyne faßte die Anweisungen noch einmal zusammen. »Ist das also völlig klar? Sie fahren mit dem Schlafwagen erster Klasse nach Genf. Der Zug fährt in London um zehn Uhr fünfundvierzig ab und geht über Folkestone nach Boulogne. In Boulogne steigen Sie in den Schlafwagen erster Klasse um. Am folgenden Morgen um acht sind Sie in Genf. Hier ist die Adresse, bei der Sie sich melden. Prägen Sie sie sich bitte genau ein, damit ich den Zettel dann vernichten kann. Anschließend begeben Sie sich in dieses Hotel und warten auf weitere Instruktionen. Hier ist genügend Geld in französischen und Schweizer Banknoten sowie Kleingeld. Haben Sie alles verstanden?«
»Ja, Sir.« Roberts' Augen leuchteten vor Aufregung. »Verzeihung, Sir – aber darf ich – äh – darf ich vielleicht erfahren, was ich nach Genf bringe?«
Mr. Parker Pyne lächelte wohlwollend. »Es handelt sich um eine geheime Mitteilung über das geheime Versteck der russischen Kronjuwelen«, sagte er feierlich. »Sie begreifen natürlich, daß bolschewistische Agenten alles tun werden, um Sie abzufangen. Falls es sich nicht umgehen läßt, sagen Sie einfach, Sie wären zu Geld gekommen und machten Urlaub im Ausland.«

Mr. Roberts trank seinen Kaffee und blickte auf den Genfer See hinaus. Er war glücklich, gleichzeitig jedoch auch enttäuscht. Glücklich war er, weil er zum erstenmal in seinem Leben in einem fremden Land war. Außerdem wohnte er in einer Art von Hotel, wie er es wohl nie wieder betreten würde; und keinen Augenblick hatte er sich Sorgen wegen des Geldes zu machen brauchen! Er hatte ein Zimmer mit eigenem Bad, köstliche Mahlzeiten und aufmerksame Bedienung. Alle diese Dinge hatte Mr. Roberts wirklich sehr genossen.

Enttäuscht war er nur, weil ihm bisher nichts über den Weg gelaufen war, was als Abenteuer bezeichnet werden konnte. Kein vermummter Bolschewik und kein geheimnisvoller Russe war ihm bisher begegnet. Ein angenehmes Gespräch mit einem französischen Handelsreisenden, der ein ausgezeichnetes Englisch gesprochen hatte, war der einzige menschliche Umgang gewesen, den er auf der Reise gehabt hatte. Wie ihm geraten worden war, hatte er die Papiere in seinem Schwammbeutel versteckt und sie den Anweisungen entsprechend abgeliefert. Weder hatte es dabei gefährliche Momente noch ein Entkommen um Haaresbreite gegeben. Mr. Roberts war enttäuscht.

Ausgerechnet in diesem Augenblick murmelte ein hochgewachsener bärtiger Mann »*Pardon*« und setzte sich an die andere Seite des kleinen Tisches. »Entschuldigen Sie bitte«, sagte er, »aber ich glaube, Sie kennen einen meiner Freunde. ›P. P.‹ sind seine Anfangsbuchstaben.«

Mr. Roberts war erfreut und erregt zugleich. Endlich war einer dieser geheimnisvollen Russen aufgetaucht. »Ganz richtig.«

»Dann bin ich überzeugt, daß wir uns verstehen«, sagte der Fremde.

Mr. Roberts blickte ihn forschend an. Jetzt lernte er die Wirklichkeit kennen. Der Fremde war ein Mann von etwa fünfzig Jahren und zugleich von vornehmem, wenn auch typisch ausländischem Aussehen. Er trug ein Monokel sowie ein kleines buntes Bändchen im Knopfloch.

»Sie haben Ihren Auftrag auf höchst zufriedenstellende Weise ausgeführt«, sagte der Fremde. »Sind Sie bereit, einen zweiten zu übernehmen?«

»Gewiß – ja natürlich.«

»Gut. Sie bestellen für morgen abend ein Bett im Zug Genf-Paris. Und zwar lassen Sie sich Bett Nummer neun geben.«

»Wenn es aber nicht frei ist?«

»Es wird frei sein. Dafür wird schon gesorgt.«

»Bett Nummer neun«, wiederholte Roberts. »Ja, das habe ich mir gemerkt.«

»Im Verlauf der Reise wird jemand zu Ihnen sagen: ›Verzeihung, Monsieur, aber waren Sie kürzlich nicht in Grasse?‹ Darauf werden Sie antworten: ›Ja, im vergangenen Monat.‹ Die betreffende Person wird nun sagen: ›Interessieren Sie sich nicht für Parfüms?‹ Und Sie erwidern: ›Ja, ich stelle selbst synthetisches Jasminöl her.‹ Von diesem Augenblick an werden Sie sich völlig zur Verfügung jener Person halten, die mit Ihnen gesprochen hat. Übrigens, sind Sie bewaffnet?«

»Nein«, sagte der kleine Mr. Roberts aufgeregt. »Nein, daran habe ich nicht gedacht. Das heißt . . .«

»Dem kann gleich abgeholfen werden«, sagte der Bärtige. Er schaute sich um. Kein Mensch war in der Nähe. Irgend etwas Hartes und Schimmerndes wurde Mr. Roberts in die Hand gedrückt. »Eine kleine, aber wirksame Waffe«, sagte der Fremde und lächelte.

Mr. Roberts, der in seinem ganzen Leben noch keinen Schuß abgefeuert hatte, ließ den Revolver sofort in die Tasche gleiten. Er hatte das unbehagliche Gefühl, das Ding könne jeden Augenblick losgehen.

Dann wiederholten sie noch einmal die Losungsworte. Schließlich erhob sich Roberts' neuer Freund.

»Ich wünsche Ihnen viel Glück«, sagte er. »Mögen Sie heil durchkommen. Sie sind ein tapferer Mann, Mr. Roberts.«

Bin ich das? überlegte Roberts, als der andere gegangen war. *Ich habe keine Lust, umgebracht zu werden. Das würde sich nicht lohnen.*

Es war angenehm, wie ihm vor Erregung ein Schauder über den Rücken lief; hinzu kam allerdings ein weiteres Gefühl, das nicht ganz so angenehm war.

Er ging auf sein Zimmer und besah sich die Waffe. Ihr Mechanismus war ihm keineswegs verständlich, und so hoffte er, gar nicht in die Lage versetzt zu werden, sie gebrauchen zu müssen.

Dann verließ er das Hotel, um seinen Schlafwagenplatz zu bestellen.

Der Zug verließ Genf um neun Uhr dreißig. Roberts begab sich rechtzeitig zum Bahnhof. Der Schlafwagenschaffner ließ sich die Fahrkarte sowie den Paß geben und trat beiseite, während ein Untergebener Roberts' Koffer in das Gepäcknetz hinaufhob.

Dort befand sich bereits weiteres Gepäck: ein Schweinslederkoffer und eine Reisetasche.
»Nummer neun ist das untere Bett«, sagte der Schaffner.
Als Roberts sich umdrehte, um das Abteil zu verlassen, stieß er gegen einen dicken Mann, der gerade hereinkam. Mit vielen Entschuldigungen machten sie einander Platz – Roberts sprach dabei englisch, der andere französisch. Es war ein korpulenter und untersetzter Mann mit glattrasiertem Schädel und dicken Brillengläsern, durch die seine Augen mißtrauisch zu blinzeln schienen.
Ein häßlicher Vogel, sagte sich der kleine Mann.
Er spürte, daß irgend etwas leicht Finsteres über seinem Reisegefährten lag. Hatte man ihm gesagt, Bett Nummer neun zu belegen, weil er diesen Mann im Auge behalten sollte? Er nahm es an.
Er trat in den Gang hinaus. Bis zur Abfahrt des Zuges waren immer noch zehn Minuten Zeit, und er faßte den Entschluß, auf dem Bahnsteig ein wenig auf und ab zu gehen. Als er die Hälfte des Weges bis zum Ausgang hinter sich hatte, machte er Platz, um eine Dame vorbeizulassen. Sie stieg gerade in den Wagen, und mit ihrem Fahrschein in der Hand führte der Schaffner sie zu ihrem Abteil. Als sie an Roberts vorüberkam, ließ sie ihre Handtasche fallen. Der Engländer hob sie auf und übergab sie ihr.
»Vielen Dank, Monsieur.« Sie sprach englisch; ihre Stimme war jedoch die einer Ausländerin – eine volle tiefe Stimme, die sehr reizvoll klang. Als sie gerade weitergehen wollte, zögerte sie und flüsterte: »Verzeihung Monsieur, aber waren Sie nicht kürzlich in Grasse?«
Roberts' Herz machte vor Aufregung einen Satz. Er sollte sich also zur Verfügung dieses bezaubernden Geschöpfes halten – denn bezaubernd war sie, daran bestand nicht der geringste Zweifel. Und nicht nur bezaubernd, sondern auch aristokratisch und wohlhabend. Sie trug einen Reisemantel aus Pelz und einen eleganten Hut. Um ihren Hals hatte sie Perlen. Ferner hatte sie dunkles Haar und dunkelrote Lippen.
Roberts gab die erforderliche Antwort: »Ja, im vergangenen Monat.«
»Interessieren Sie sich nicht für Parfüms?«
»Ja, ich stelle selbst synthetisches Jasminöl her.«
Sie nickte leicht, ging weiter und ließ lediglich einen leise geflüsterten Satz zurück: »Im Gang, sobald der Zug anfährt.«

Die nächsten zehn Minuten kamen Roberts wie eine Ewigkeit vor.

Endlich fuhr der Zug an. Langsam ging er den Gang entlang. Die Dame im Pelzmantel mühte sich mit einem Fenster ab. Er eilte ihr zu Hilfe.

»Danke, Monsieur. Nur ein bißchen frische Luft, bevor man kein Fenster mehr öffnen darf.« Und dann mit sanfter, tiefer und schneller Stimme: »Nach der Grenze, wenn Ihr Reisegenosse schläft – nicht eher – gehen Sie in den Waschraum und von dort in das Abteil, das sich hinter der gegenüberliegenden Tür befindet. Haben Sie verstanden?«

»Ja.« Er ließ das Fenster hinunter. »Ist es so besser, Madam?«

»Ich danke Ihnen sehr.«

Er zog sich in sein Abteil zurück. Sein Reisegefährte hatte sich bereits auf dem oberen Bett ausgestreckt. Seine Vorbereitungen für die Nacht waren offensichtlich einfach gewesen: sie hatten darin bestanden, daß er sich Schuhe und Mantel ausgezogen hatte.

Roberts machte sich Gedanken über seine eigene Bekleidung. Da er nachher das Abteil einer Dame betreten würde, konnte er sich unmöglich ausziehen.

Er holte seine Pantoffeln heraus, zog sie an Stelle seiner Stiefel an, legte sich dann hin und knipste das Licht aus. Wenige Minuten später begann der Mann über ihm zu schnarchen.

Kurz nach zehn erreichten sie die Grenze. Die Tür wurde aufgerissen; mechanisch wurde eine Frage gestellt. Hätten Messieurs irgend etwas zu verzollen?

Die Tür wurde wieder geschlossen. Und kurz darauf ließ der Zug Bellegarde hinter sich.

Der Mann im oberen Bett fing wieder an zu schnarchen. Roberts ließ noch zwanzig Minuten verstreichen; dann schlüpfte er aus dem Bett und öffnete die Tür des Waschabteils. Sobald er eingetreten war, verriegelte er die hinter ihm befindliche Tür und beäugte die Tür, die sich auf der entgegengesetzten Seite des Abteils befand. Sie war nicht verriegelt. Er zögerte. Sollte er anklopfen?

Vielleicht würde es albern sein, erst anzuklopfen. Aber er haßte die Vorstellung, das andere Abteil zu betreten, ohne sich anzumelden. Deshalb schloß er insofern einen Kompromiß, als er die Tür vorsichtig einen Zentimeter weit öffnete und abwartete. Er traute sich sogar, leise zu hüsteln.

Die Reaktion erfolgte prompt. Die Tür wurde weit geöffnet, er selbst wurde am Arm gepackt, in das dahinterliegende Abteil gezogen, und dann schloß das Mädchen die Tür und verriegelte sie. Roberts hielt den Atem an. Selbst im Traum hätte er sich so etwas Bezauberndes nicht vorstellen können. Sie trug ein langes duftiges Gewand aus crèmefarbenem Chiffon und Spitze. Sie lehnte an der zum Gang führenden Tür – schwer atmend. Schon oft hatte Roberts von einem wunderschönen gehetzten Wild gelesen, das in die Enge getrieben war. Jetzt sah er zum erstenmal dieses Bild – ein aufregender Anblick.

»Gott sei Dank!« murmelte das Mädchen.

Sie war noch ziemlich jung, stellte Roberts fest, und sie war so bezaubernd, daß er den Eindruck hatte, sie stammte aus einer anderen Welt. Endlich wurde es romantisch – und er befand sich mitten drin!

Sie sprach mit tiefer, sich überstürzender Stimme. Ihr Englisch war gut, aber der Klang ihrer Stimme war typisch ausländisch. »Ich bin so froh, daß Sie gekommen sind«, sagte sie. »Ich habe entsetzliche Angst. Wassiliewitsch ist im Zug. Sie verstehen, was das bedeutet?«

Roberts verstand nicht im geringsten, was es bedeutete, nickte jedoch.

»Ich dachte, ich wäre ihnen entwischt. Aber ich hätte es wissen müssen. Was machen wir jetzt? Wassiliewitsch hat das Abteil nebenan. Was auch geschehen mag – er darf die Juwelen nicht bekommen! Selbst wenn er mich umbringt, dürfen ihm die Juwelen nicht in die Hände fallen.«

»Weder wird er Sie umbringen, noch wird er die Juwelen bekommen«, sagte Roberts mit Entschlossenheit.

»Was soll ich denn mit ihnen machen?«

Roberts blickte an ihr vorbei auf die Tür. »Die Tür ist verriegelt«, sagte er.

Das Mädchen lachte auf. »Was haben verriegelte Türen für Wassiliewitsch schon zu bedeuten!«

Immer deutlicher hatte Roberts das Gefühl, sich mitten in einem seiner Lieblingsromane zu befinden. »Dann können wir nur eines tun. Geben Sie die Juwelen mir.«

Zweifelnd sah sie ihn an. »Sie sind eine Viertelmillion wert!«

Roberts wurde rot. »Mir können Sie vertrauen.«

Das Mädchen zögerte noch einen Augenblick. »Also gut – ich vertraue Ihnen«, sagte sie dann. Sie machte eine blitzschnelle Bewegung. Im nächsten Augenblick hielt sie ihm ein zusammengerolltes Paar Strümpfe hin – Strümpfe aus spinnenwebfeiner Seide. »Nehmen Sie, mein Freund«, sagte sie zu dem verblüfften Roberts.

Er nahm sie, und im selben Moment begriff er. Statt leicht wie Luft zu sein, waren die Strümpfe unerwartet schwer.

»Bringen Sie sie in Ihr Abteil«, sagte sie. »Sie können sie mir morgen wiedergeben, wenn – wenn ich dann noch hier bin.«

Roberts hüstelte. »Hören Sie zu«, sagte er. »Was Sie angeht ...« Er verstummte. »Ich – ich muß auf Sie aufpassen.« Dann errötete er, weil ihm das Unschickliche der Situation peinlich bewußt wurde. »Nicht hier, meine ich. Ich werde dort bleiben.« Mit einer Kopfbewegung deutete er zum Waschabteil hinüber.

»Aber wenn Sie lieber hierbleiben möchten ...« Sie warf einen Blick auf das unbesetzte obere Bett.

Roberts errötete bis zu den Haarwurzeln. »Nein, nein«, protestierte er. »Ich bleibe lieber nebenan. Wenn Sie mich brauchen, rufen Sie einfach.«

»Ich danke Ihnen, mein Freund«, sagte das Mädchen sanft.

Sie schlüpfte in das untere Bett, zog die Decke hoch und lächelte ihm dankbar zu. Er zog sich in den Waschraum zurück.

Plötzlich – es muß einige Stunden später gewesen sein – glaubte er irgend etwas zu hören. Er lauschte – nichts. Vielleicht hatte er sich geirrt. Und dennoch war er im Grunde überzeugt, im benachbarten Abteil irgendein leises Geräusch vernommen zu haben. Angenommen – nur angenommen ...

Leise öffnete er die Tür. Das Abteil hatte sich, seit er es zuletzt gesehen hatte, überhaupt nicht verändert; auch die kleine blaue Lampe an der Decke brannte noch. Angestrengt starrte er in das Halbdunkel, bis seine Augen sich daran gewöhnt hatten. Er erkannte den Umriß des Bettes. Aber er sah zugleich, daß es leer war. Das Mädchen war nicht mehr da!

Er schaltete das Licht ein. Das Abteil war leer. Plötzlich schnupperte er. Es war kaum feststellbar, aber er erkannte es sofort – den süßlichen, widerlichen Geruch von Chloroform.

Von dem Abteil – dessen Tür, wie er feststellte, nicht mehr verriegelt war – trat er in den Gang hinaus und schaute in beide Richtungen. Kein Mensch! Sein Blick ruhte auf der Tür des benachbarten Abteils. Sie hatte gesagt, daß Wassiliewitsch das Abteil neben ihr hätte. Tapfer drückte Roberts auf die Klinke. Die Tür war von innen abgeschlossen.

Was sollte er tun? Verlangen, daß man ihm aufmachte? Aber der Mann würde sich weigern – und möglicherweise befand sich das Mädchen auch gar nicht mehr dort! Sollte dies jedoch noch der Fall sein – würde sie ihm etwa dafür dankbar sein, daß er alle Welt auf die Angelegenheit aufmerksam gemacht hätte? Soviel hatte er immerhin begriffen: daß Geheimhaltung bei dem Spiel, an dem sie beteiligt waren, ungeheuer wichtig war.

Ein verstörter kleiner Mann wanderte langsam den Gang entlang. Vor dem letzten Abteil blieb er stehen. Die Tür stand offen, und der Schaffner lag in tiefem Schlaf. Und über ihm, an einem Haken, hingen seine braune Uniformjacke und seine Schirmmütze.

Blitzartig hatte Roberts entschieden, was er zu tun hatte. Im nächsten Augenblick hatte er Jacke und Mütze angelegt und eilte durch den Gang zurück. Vor der Tür jenes Abteils, das neben dem des Mädchens lag, verhielt er, nahm seine ganze Entschlußkraft zusammen und klopfte herrisch.

Als seine Aufforderung unbeantwortet blieb, klopfte er noch einmal.

»*Monsieur*«, sagte er so betont wie möglich.

Die Tür öffnete sich einen Spalt, und ein Kopf schob sich hindurch – der Kopf eines Ausländers, glattrasiert bis auf einen schwarzen Schnurrbart. Es war ein ärgerliches, bösartiges Gesicht.

»*Qu'est-ce-qu'il y a?*« fauchte er.

»*Votre passeport, monsieur.*« Roberts trat zurück und verbeugte sich.

Der andere zögerte, trat dann aber ebenfalls in den Gang hinaus. Roberts hatte damit gerechnet. Wenn das Mädchen im Abteil war, würde der Mann natürlich nicht wollen, daß der Schaffner hereinkam. Wie ein Blitz handelte Roberts. Mit aller Kraft riß er den Ausländer beiseite – der Mann war völlig unvorbereitet, und das Schwanken des Zuges half noch etwas nach –, stürzte in das Abteil, schlug die Tür hinter sich zu und verriegelte sie.

Quer über dem Fußende des Bettes lag das Mädchen, einen Knebel im Mund und die Handgelenke zusammengebunden. Er befreite sie mit schnellen Griffen, und aufseufzend sank sie gegen ihn. »Mir ist so schwach und übel«, murmelte sie. »Ich glaube, es war Chloroform. Hat er – hat er sie gekriegt?«

»Nein.« Roberts klopfte gegen seine Tasche. »Was machen wir jetzt?« fragte er.

Das Mädchen richtete sich auf. Sie konnte wieder nachdenken. Und sie erkannte seine Kostümierung. »Wie klug von Ihnen! Daß Ihnen das eingefallen ist! Er sagte, er würde mich umbringen, wenn ich ihm nicht sagte, wo die Juwelen wären. Ich habe so entsetzliche Angst gehabt – und dann kamen Sie.« Plötzlich lachte sie. »Aber wir haben ihm einen Streich gespielt! Jetzt wird er nicht mehr wagen, irgend etwas zu unternehmen. Er kann nicht einmal versuchen, in sein eigenes Abteil zurückzukehren. Wir müssen bis zum Morgen hierbleiben. Wahrscheinlich wird er in Dijon aussteigen. In ungefähr einer halben Stunde werden wir dort sein. Er wird nach Paris telegraphieren, und dann wird man dort unsere Spur wieder aufnehmen. Inzwischen ist es vielleicht besser, wenn Sie das Jackett und die Mütze aus dem Fenster werfen. Sonst bekommen Sie eventuell noch Schwierigkeiten.«
Roberts gehorchte.
»Wir dürfen nicht einschlafen«, entschied das Mädchen. »Bis zum Morgen müssen wir genau aufpassen.«
Es war eine seltsame, aufregende Nachtwache. Um sechs Uhr morgens öffnete Roberts vorsichtig die Tür und blickte hinaus. Kein Mensch war in der Nähe. Das Mädchen schlüpfte schnell in das nebenanliegende Abteil; Roberts folgte ihr. Es war deutlich zu erkennen, daß der Raum durchsucht worden war. Durch den Waschraum kehrte er dann in sein eigenes Abteil zurück. Sein Reisegefährte schnarchte noch immer.

Um sieben Uhr trafen sie in Paris ein. Der Schaffner beschwerte sich über den Verlust seiner Jacke und seiner Mütze. Den Verlust eines Fahrgastes hatte er noch nicht entdeckt.
Dann begann eine höchst unterhaltsame Jagd. Das Mädchen und Roberts wechselten ständig das Taxi, als sie quer durch Paris fuhren. Sie betraten Hotels und Restaurants durch die eine Tür und gingen durch eine andere wieder hinaus. Schließlich stieß das Mädchen einen Seufzer aus.
»Ich bin überzeugt, daß wir nicht mehr verfolgt werden«, sagte sie. »Wir haben sie abgeschüttelt.«
Sie frühstückten und fuhren nach Le Bourget. Drei Stunden später waren sie in Croydon. Roberts war bisher noch nie geflogen.
In Croydon wurden sie von einem hochgewachsenen alten Herrn erwartet, der eine entfernte Ähnlichkeit mit Mr. Roberts' Berater in Genf hatte. Er begrüßte das Mädchen mit besonderem Respekt.

»Der Wagen steht bereit, Madam«, sagte er.
»Dieser Herr wird uns begleiten, Paul«, sagte das Mädchen. Und zu Roberts sagte sie: »Graf Paul Stepanji.«
Der Wagen war eine riesige Limousine. Sie fuhren etwa eine Stunde, bogen dann in den Park eines Landhauses ein und hielten vor dem Eingang eines eindrucksvollen Wohnsitzes. Mr. Roberts wurde in einen Raum geführt, der wie ein Arbeitszimmer eingerichtet war. Dort übergab er das kostbare Paar Strümpfe. Eine Weile wurde er alleingelassen. Wenig später kehrte Graf Stepanji zurück.
»Mr. Roberts«, sagte er, »unser Dank und unsere Anerkennung sind Ihnen gewiß. Sie haben sich als tapferer und findiger Mann gezeigt.« Er hielt Mr. Roberts ein rotes Lederetui hin. »Erlauben Sie, daß ich Ihnen hiermit den Orden des heiligen Stanislaus zehnter Klasse mit Lorbeeren überreiche.«
Wie in einem Traum öffnete Roberts das Etui und betrachtete den edelsteinbesetzten Orden. Der alte Herr sprach immer noch.
»Die Großfürstin Olga möchte Ihnen gern noch persönlich danken, bevor Sie sich verabschieden.«
Er wurde in einen großen Wohnraum geführt. Dort erwartete ihn, in einem wallenden Gewand wunderschön anzusehen, seine Reisegefährtin.
Sie machte eine gebieterische Handbewegung, und der andere Mann verließ den Raum.
»Ich verdanke Ihnen mein Leben, Mr. Roberts«, sagte die Großfürstin.
Sie streckte ihre Hand aus. Roberts küßte sie. Plötzlich trat sie dicht an ihn heran.
»Sie sind ein tapferer Mann«, sagte sie.
Ihre Lippen trafen sich; eine Welle schweren orientalischen Parfüms umgab ihn. Für einen kurzen Augenblick hielt er die schlanke, bezaubernde Gestalt in seinen Armen . . .
Er war immer noch traumversunken, als jemand zu ihm sagte: »Der Wagen wird Sie hinbringen, wohin Sie wünschen.«
Eine Stunde später kehrte der Wagen zurück, um die Großfürstin abzuholen. Sie stieg ein, desgleichen der weißhaarige Mann. Weil ihm zu warm geworden war, hatte er den Bart abgenommen. Der Wagen setzte die Großfürstin vor einem Haus in Streatham ab. Eine ältere Frau, die beim Tee saß, blickte auf.
»Ach, Maggie, mein Schatz, du bist es.«
Im Expreß Genf-Paris war dieses Mädchen die Großfürstin

Olga; in Mr. Parker Pynes Büro war sie Madeleine de Sara; und in dem Haus in Streatham war sie Maggie Syers, vierte Tochter einer ehrlichen, schwer arbeitenden Familie.
Wie tief sind die Mächtigen doch gesunken!

Mr. Parker Pyne saß mit seinem Freund beim Mittagessen. »Gratuliere«, sagte Letztgenannter, »dein Mann hat das Ding ohne jede Störung durchgeführt. Die Tormali-Bande schnappt bestimmt über, weil die Pläne für das Gewehr ihr durch die Lappen gegangen sind. Hast du deinem Mann eigentlich erzählt, was er bei sich hatte?«

»Nein. Ich hielt es für besser, die Geschichte etwas zu – äh – etwas auszuschmücken.«

»Wie diskret von dir.«

»Mit Diskretion hatte es nicht viel zu tun. Ich wollte an sich nur, daß er sich einmal gut unterhielte. Und ein Gewehr wäre in seinen Augen vielleicht allzu dürftig gewesen. Ich wollte ihn ein paar Abenteuer erleben lassen.«

»Dürftig?« sagte Bonnington und starrte ihn an. »Wo diese Kerle ihn sofort umgelegt hätten, wenn sie ihn erwischt hätten!«

»Ja«, sagte Mr. Parker Pyne sanft. »Sicher. Aber ich wollte nicht, daß er umgelegt würde.«

»Verdienst du mit deiner Sache eigentlich viel Geld, Parker?« fragte Mr. Bonnington.

»Manchmal zahle ich auch zu«, sagte Mr. Parker Pyne. »Das heißt: Falls es ein lohnender Fall ist.«

Drei ärgerliche Herren beschimpften sich in Paris. »Dieser verdammte Hooper!« sagte der eine. »Hat er uns doch glatt sitzenlassen.«

»Von einem aus dem Büro sind die Pläne nicht mitgenommen worden«, sagte der zweite. »Aber man hat mir versichert, sie seien am Mittwoch verschwunden. Und ich glaube, daß du alles verpfuscht hast.«

»Das habe ich nicht!« sagte der dritte mürrisch. »Bis auf einen kleinen Angestellten war überhaupt kein Engländer im Zug. Und der hatte weder von Peterfield noch von dem Gewehr die geringste Ahnung. Das weiß ich genau. Ich habe mich erkundigt. Peterfield und Gewehr sagten ihm gar nichts.« Er lachte. »Dafür hatte er irgendeinen Bolschewistenkomplex!«

Mr. Roberts saß vor der Gasheizung. Auf seinen Knien lag ein Brief von Mr. Parker Pyne. Zu ihm gehörte ein Scheck über fünfzig Pfund »von gewissen Leuten, die von der Art entzückt sind, wie ein gewisser Auftrag ausgeführt wurde«.

Auf der Armlehne lag ein Buch aus der Bibliothek. Mr. Roberts schlug es aufs Geratewohl auf. *Wie ein wunderschönes gehetztes Wild, das in die Enge getrieben ist, lehnte sie an der Tür.*

Na ja, das war ihm keineswegs unbekannt.

Er las einen anderen Satz: *Er schnupperte. Der schwache süßliche Geruch des Chloroforms drang in seine Nüstern.*

Auch darüber wußte er Bescheid.

Er nahm sie in die Arme und spürte das leise Beben ihrer dunkelroten Lippen.

Mr. Roberts stieß einen Seufzer aus. Es war kein Traum. Alles war wirklich passiert. Die Hinreise war langweilig genug gewesen – aber die Rückreise! Er hatte sie genossen. Aber jetzt war er doch froh, wieder zu Hause zu sein. Undeutlich hatte er das Gefühl, daß das Leben in einem derartigen Tempo nicht endlos weitergehen könnte. Selbst die Großfürstin Olga – selbst ihr letzter Kuß –, selbst sie wurde langsam so unwirklich wie ein Traum.

Morgen würden Mary und die Kinder nach Hause kommen. Mr. Roberts lächelte glücklich.

Bestimmt würde sie sagen: »Es war ein so netter Urlaub für uns. Aber wenn ich daran denke, daß du die ganze Zeit allein gewesen bist, mein Armer.« Und er würde dann sagen: »Ach, laß man, Mädchen. Ich mußte für die Firma geschäftlich nach Genf – schwierige Verhandlungen – und sieh mal, was man mir geschickt hat.« Und dann würde er ihr den Scheck über fünfzig Pfund zeigen.

Er mußte an den Orden des heiligen Stanislaus zehnter Klasse mit Lorbeeren denken. Er hatte ihn zwar versteckt – aber angenommen, Mary fände ihn! Das zu erklären würde nicht einfach sein . . .

Ja richtig, jetzt hatte er es: Er würde einfach erzählen, er hätte ihn im Ausland gekauft. Eine Rarität!

Wieder schlug er das Buch auf und las glücklich weiter. Der sehnsüchtige Ausdruck auf seinem Gesicht war völlig verschwunden.

Jetzt gehörte auch er zu jenen Ruhmbedeckten, die etwas erlebt hatten.

Die Zigeunerin

I

Macfarlane hatte oft gemerkt, daß sein Freund Dickie Carpenter eine merkwürdige Abneigung gegenüber Zigeunern hatte. Den Grund hatte er allerdings nie erfahren. Als jedoch Dickies Verlobung mit Esther Lawes gelöst wurde, war die Zurückhaltung, die zwischen den beiden Männern noch bestand, für einen kurzen Augenblick niedergerissen.

Macfarlane war mit Rachel, der jüngeren Schwester, seit ungefähr einem Jahr verlobt. Seit ihrer Kindheit kannte er die beiden Lawes-Töchter. In allen Dingen langsam und vorsichtig, hatte er sich widerwillig eingestanden, daß Rachels kindliches Gesicht und ihre ehrlichen braunen Augen einen zunehmenden Reiz auf ihn ausübten. Eine Schönheit wie Esther war sie nicht – o nein! Aber unsagbar wahrhaftiger und süßer. Durch Dickies Verlobung mit der älteren Schwester schien das Band zwischen den beiden Männern enger geworden zu sein.

Und jetzt, nach einigen kurzen Wochen, war diese Verlobung wieder gelöst, und Dickie, der arme Dickie, war ziemlich betroffen. Bisher war in seinem jungen Leben alles so glatt verlaufen. Seine Karriere in der Marine war ein guter Einfall gewesen; die Sehnsucht nach dem Meer war ihm angeboren. Irgendwie hatte er etwas von einem Wikinger an sich: Einfach und direkt war er, und gedankliche Spitzfindigkeiten waren bei ihm vergeudet. Er gehörte zu jener unausgeprägten Art junger Engländer, die jede Gefühlsregung verabscheuen und denen es besonders schwerfällt, geistige Vorgänge in Worten auszudrücken.

Macfarlane, dieser verschlossene Schotte mit seiner keltischen Phantasie, die irgendwo verborgen schlummerte, lauschte und rauchte, während sein Freund sich durch ein Meer von Worten kämpfte. Er hatte gewußt, was kommen würde: daß sein Freund sich alles von der Seele reden mußte. Allerdings hatte er mit einem anderen Thema gerechnet. Jedenfalls fiel der Name Esther Lawes nicht ein einziges Mal. Anscheinend war es die Geschichte irgendeines kindlichen Entsetzens.

»Anfangen tat es mit einem Traum, den ich als Kind hatte. Kein richtiger Alptraum. Sie – die Zigeunerin, weißt du – tauchte bloß immer wieder in jedem Traum auf – selbst in guten Träumen (oder was ein Kind sich unter einem guten Traum vorstellt: eine Kindergesellschaft mit Knallbonbons und solchen Sachen). Ich hatte immer einen Mordsspaß dabei, und dann hatte ich plötzlich das Gefühl, dann wußte ich plötzlich ganz genau: Wenn ich jetzt hingucke, ist sie da, steht sie da wie immer und beobachtet mich ... Mit traurigen Augen, verstehst du, als wüßte sie irgend etwas, das ich nicht wußte ... Warum es mich so aufregte, kann ich nicht sagen; aber aufregen tat es mich! Jedesmal! Schreiend vor Entsetzen wachte ich immer auf, und mein altes Kinderfräulein sagte dann: ›Aha! Master Dickie hat wieder einmal seinen alten Zigeunertraum gehabt!‹«

»Hast du irgendwann einmal etwas mit richtigen Zigeunern erlebt?«

»Das war erst viel später. Aber auch das war komisch. Ich war hinter meinem kleinen Hund her, der weggerannt war. Erst lief ich durch das Gartentor und dann einen Waldweg entlang. Damals wohnten wir nämlich in New Forest, weißt du. Schließlich kam ich auf eine Art Lichtung, und über einen kleinen Fluß führte eine Holzbrücke. Und genau vor der Brücke stand eine Zigeunerin – mit einem roten Tuch um den Kopf –, genau wie in meinem Traum. Und ich bekam sofort einen entsetzlichen Schrecken! Sie sah mich an, verstehst du ... Mit genau demselben Blick – als wüßte sie irgend etwas, das ich nicht wußte, und als machte es sie traurig ... Und dann sagte sie ganz ruhig, und dabei nickte sie mir zu: ›*Ich an deiner Stelle würde nicht hinübergehen.*‹ Den Grund kann ich dir nicht sagen, aber ich erschrak jedenfalls fast zu Tode. An ihr vorbei rannte ich auf die Brücke. Wahrscheinlich war sie morsch. Jedenfalls stürzte sie ein, und ich fiel in den Fluß. Die Strömung war ziemlich stark, und beinahe wäre ich ertrunken. Gemein, wenn man fast ersäuft. Ich habe es nie vergessen. Und ich hatte das Gefühl, daß es mit der Zigeunerin zu tun hatte ...«

»Genaugenommen hat sie dich doch vorher gewarnt?«

»So kann man es wahrscheinlich auch ansehen.« Dickie verstummte und fuhr dann fort: »Diese Geschichte von meinem Traum habe ich dir nicht erzählt, weil er etwas mit dem zu tun hat, was später passierte – wenigstens glaube ich es nicht –, sondern weil mein Traum der Ausgangspunkt ist. Sicher verstehst du jetzt, was ich mit ›Zigeunergefühl‹ meine. Dann will ich dir vom ersten Abend bei den Lawes erzählen. Ich war damals gerade von der Westküste gekommen. Ein komisches Gefühl war es, wieder einmal in England zu sein. Die Lawes waren alte Freunde meiner Eltern. Als ich ungefähr sieben gewesen war, hatte ich die Mädchen zum letztenmal gesehen; aber der junge Arthur war ein guter Freund von mir, und als er gestorben war, schrieb Esther immer an mich und schickte mir Zeitungen. Mordsmäßig lustige Briefe schrieb sie! Und immer versuchte sie, meine Laune aufzubessern. Wenn ich doch nur mehr Talent zum Schreiben gehabt hätte! Jedenfalls war ich verdammt gespannt, sie endlich wiederzusehen; irgendwie war es schon komisch, ein Mädchen nur durch Briefe und sonst gar nicht zu kennen. Jedenfalls fuhr ich als erstes zu den Lawes. Als ich ankam, war Esther gerade nicht da, wollte jedoch abends wieder zurück sein. Beim Abendbrot saß ich neben Rachel, und als ich mir die anderen ansah, die noch am Tisch saßen, überkam mich ein komisches Gefühl. Ich merkte, daß irgend jemand mich beobachtete, und das störte mich irgendwie. Dann sah ich sie . . .«

»Wen?«

»Mrs. Haworth – von der erzähle ich doch die ganze Zeit.«

Macfarlane lag es auf der Zunge zu sagen: ›Und ich dachte, du erzähltest von Esther Lawes.‹ Aber er schwieg, und Dickie berichtete weiter.

»Irgend etwas war bei ihr ganz anders als bei den übrigen. Sie saß neben dem alten Lawes – mit gesenktem Kopf hörte sie ihm aufmerksam zu. Um den Hals hatte sie irgend etwas aus diesem roten Seidenzeug. Wahrscheinlich war es ein bißchen ausgefranst; jedenfalls sah es so aus, als flackerten hinter ihrem Kopf lauter kleine Flammen . . . Ich fragte Rachel: ›Wer ist die Frau da drüben? Die Dunkle – mit dem roten Tuch?‹

›Meinst du Alistair Haworth? Ein rotes Tuch trägt sie zwar – aber sonst ist sie blond, sehr blond sogar.‹

Und das stimmte – verstehst du? Ihr Haar war von einem hinreißend hellen und leuchtenden Blond. Trotzdem hätte ich schwören können, daß sie schwarze Haare hatte. Komisch, wie sogar die Augen einem einen Streich spielen können . . . Nach dem Abendbrot machte Rachel uns bekannt, und wir gingen im Garten auf und ab. Wir sprachen über Seelenwanderung . . .«

»Nicht ganz dein Spezialgebiet, Dickie!«

»Wahrscheinlich nicht. Aber ich weiß noch, daß ich sagte, ich hielte es für eine ziemlich vernünftige Erklärung, wenn man irgendwelche Leute von irgendwoher zu kennen glaubte – als wäre man ihnen schon einmal begegnet. Sie sagte: ›Sie meinen Liebende ...‹ An der Art und Weise, wie sie es sagte, war etwas merkwürdig – es klang so sanft und gespannt. Es erinnerte mich – aber an was, wußte ich nicht. Wir redeten noch ein bißchen weiter, und dann rief uns der alte Lawes von der Terrasse: Esther sei gekommen und wolle mich begrüßen. Mrs. Haworth legte ihre Hand auf meinen Arm und sagte. ›Sie gehen hin?‹ – ›Ja‹, sagte ich, ›wir müssen wohl.‹ Und dann – dann ...«

»Weiter!«

»Es klingt so blödsinnig. Aber Mrs. Haworth sagte: *›Ich an Ihrer Stelle würde nicht hingehen ...‹*« Er schwieg einen Augenblick. »Ich bekam einen entsetzlichen Schrecken, verstehst du? Deswegen habe ich dir vorhin die Geschichte von dem Traum erzählt ... Weil sie es nämlich in genau demselben Ton sagte – ganz ruhig, als wüßte sie irgend etwas, das ich nicht wußte. Es ging nicht darum, daß sie eine hübsche Frau war, die mit mir noch im Garten bleiben wollte. Ihre Stimme klang ganz freundlich – und sehr bedrückt. Als wüßte sie beinahe, was noch kommen würde ... Wahrscheinlich war es unhöflich von mir, aber ich drehte mich einfach um und ließ sie stehen – ich rannte fast zum Haus. Dort schien ich geborgen zu sein. Erst in diesem Moment merkte ich, daß ich von Anfang an vor ihr Angst gehabt hatte. Und ich war erleichtert, als ich dem alten Lawes gegenüberstand. Neben ihm stand Esther ...« Er zögerte einen Augenblick, und dann murmelte er ziemlich unverständlich: »In dem Moment, in dem ich sie sah, war alles klar. Da wußte ich, daß es mich erwischt hatte.«

Macfarlanes Gedanken wanderten schnell zu Esther Lawes. Er hatte einmal gehört, wie jemand ihre ganze Erscheinung in einem einzigen Satz zusammengefaßt hatte: »Ein Meter achtzig jüdische Vollkommenheit.« Ein sehr gescheites Porträt, überlegte er, als er sich ihrer ungewöhnlichen Größe und ihrer schmalen Schlankheit, der marmornen Blässe ihres Gesichts mit der feinen gebogenen Nase und der schwarzen Pracht ihres Haars und ihrer Augen erinnerte. Ja, verwundern tat es ihn nicht, daß Dickies jungenhafte Einfachheit davor kapituliert hatte. Sein eigenes Herz konnte Esther zwar nicht zum schnelleren Schlagen bringen – aber er mußte zugeben, daß sie wunderschön war.

»Und dann«, fuhr Dickie fort, »verlobten wir uns.«

»Gleich?«

»Nein – aber nach ungefähr einer Woche. Anschließend brauchte sie ungefähr vierzehn Tage, um festzustellen, daß ihr eigentlich nicht viel daran lag ...« Er lachte verbittert auf.

»Es war am letzten Abend vor meiner Rückfahrt zu dem alten Kahn. Ich war im Dorf gewesen, ging gerade durch den Wald – und da sah ich sie wieder – ich meine: Ich sah Mrs. Haworth. Sie hatte eine rote Baskenmütze auf dem Kopf, und ich fuhr zusammen – nur einen einzigen Moment, verstehst du? Die Geschichte mit meinem Traum habe ich dir bereits erzählt, so daß du es wahrscheinlich begreifst ... Wir gingen ein Stück zusammen. Übrigens hätte Esther ruhig alles hören können, was wir sagten – verstehst du ...«

»Ach?« Macfarlane blickte seinen Freund neugierig an. Seltsam, daß die Leute einem Dinge erzählen, die ihnen überhaupt nicht bewußt sind!

»Und als ich mich dann umdrehte, um zum Haus zurückzugehen, hielt sie mich fest. ›Sie werden noch zeitig genug kommen‹, sagte sie. ›*Ich an Ihrer Stelle würde mich nicht so beeilen* ...‹ Und in diesem Moment wußte ich Bescheid – wußte ich genau, daß irgend etwas Gemeines auf mich wartete ... und ... und kaum war ich im Haus, traf ich Esther, und sie sagte – sie hätte gemerkt, daß ihr doch nicht so viel daran liege ...«

Macfarlane knurrte mitfühlend. »Und Mrs. Haworth?« fragte er.

»Ich habe sie nie wiedergesehen – bis heute abend.«

»Heute abend?«

»Ja. Vorhin im Lazarett. Ich mußte wegen meines Beines hin, das damals bei der Torpedogeschichte ein bißchen lädiert worden ist. In letzter Zeit hatte es mir Kummer gemacht. Der alte Knabe riet zur Operation – es wäre eine ganz einfache Geschichte. Als ich weggehen wollte, prallte ich mit einem Mädchen zusammen, das über ihrer Schwesterntracht einen roten Pullover trug. Und dieses Mädchen sagte: ›*Ich an Ihrer Stelle würde mich nicht operieren lassen* ...‹ Da erst merkte ich, daß es Mrs. Haworth war. Sie ging aber so schnell weiter, daß ich sie nicht festhalten konnte. Ich traf dann eine andere Schwester und erkundigte mich nach ihr. Die Schwester sagte jedoch, eine Frau, die so hieße, sei nicht im Lazarett ... Komisch ...«

»Und sie war es bestimmt?«

»Aber ja. Verstehst du denn nicht – sie ist sehr schön ...« Er schwieg einen Augenblick und fügte dann hinzu: »Natürlich lasse ich mich operieren – klar ... Aber – falls ich tatsächlich an der Reihe sein sollte ...«

»Unsinn!«

»Natürlich ist es Unsinn! Und trotzdem bin ich froh, daß ich dir die Geschichte mit der Zigeunerin erzählt habe ... Weißt du, an sich wollte ich dir noch etwas erzählen, aber im Moment fällt es mir einfach nicht ein ...«

2

Macfarlane wanderte die ansteigende Heidestraße entlang. Am Gartentor des Hauses, das fast auf der Kuppe des Hügels lag, bog er ab. Mit entschlossen zusammengebissenen Zähnen klingelte er.

»Ist Mrs. Haworth zu sprechen?«

»Ja, Sir. Ich sage sofort Bescheid.« Das Dienstmädchen ließ ihn in einem niedrigen langen Raum allein, dessen Fenster auf die Wildnis der Heidelandschaft hinausgingen. Nachdenklich zog er die Stirn kraus. Würde er sich jetzt vielleicht maßlos lächerlich machen?

Dann fuhr er zusammen. Über ihm sang eine leise Stimme:

Die Zigeunerin
wohnt auf der Heide ...

Die Stimme brach ab. Macfarlanes Herz schlug eine Spur schneller. Die Tür ging auf.

Ihre verwirrende, beinahe skandinavische Blondheit wirkte auf ihn wie ein Schock. Trotz Dickies Schilderung hatte er sich vorgestellt, sie wäre schwarz wie eine Zigeunerin ... Und plötzlich fielen ihm Dickies Worte und ihr merkwürdiger Klang wieder ein. *»Verstehst du denn nicht – sie ist sehr schön ...«* Vollkommene, unantastbare Schönheit ist selten, und vollkommene, unantastbare Schönheit war genau das, was Mrs. Haworth besaß.

Er riß sich zusammen und ging ihr entgegen. »Ich fürchte, Sie werden nicht einmal meinen Namen kennen; Ihre Adresse bekam ich von Lawes. Aber – ich bin ein Freund von Dickie Carpenter.«

Prüfend sah sie ihn eine Weile an. Dann sagte sie: »Ich wollte gerade spazierengehen. Auf der Heide. Kommen Sie mit?«

Sie stieß die Terrassentür auf und trat auf den Hang hinaus. Er folgte ihr. Ein schwerer, fast einfältig aussehender Mann saß rauchend in einem Korbsessel.

»Mein Mann! Wir gehen ein bißchen spazieren, Maurice. Und anschließend ißt Mr. Macfarlane mit uns zu Mittag. Das tun Sie doch, nicht wahr?«

»Vielen Dank.« Er folgte ihrem leichten Schritt den Hügel hinauf und überlegte dabei: ›Warum? Warum, um Himmels willen, hat sie so etwas geheiratet?‹

Alistair bahnte sich einen Weg zu einigen Felsen. »Hier setzen wir uns hin. Und Sie erzählen – wozu Sie hierher gekommen sind.«

»Sie wissen es also schon?«

»Ich weiß immer, wenn schlimme Dinge bevorstehen. Es ist schrecklich, nicht wahr? Das mit Dickie?«

»Er unterzog sich einer leichten Operation – die erfolgreich verlief. Sein Herz muß jedoch schwach gewesen sein. Er starb während der Narkose.«

Was er auf ihrem Gesicht zu entdecken gehofft hatte, wußte er nicht genau – kaum jedoch jenen Ausdruck tiefster ewiger Erschöpfung ... Er hörte, wie sie murmelte: »Wieder – so lange – so lange – warten ...« Dann blickte sie auf. »Was wollen Sie sagen?«

»Nur das eine: Irgend jemand warnte ihn vor der Operation. Eine Schwester. Er glaubte, Sie wären es gewesen. Stimmt das?«

Sie schüttelte den Kopf. »Nein – ich bin es nicht gewesen. Aber ich habe eine Kusine, die Krankenschwester ist. Im Zwielicht sieht sie mir ziemlich ähnlich. So wird es wahrscheinlich gewesen sein.« Sie schaute zu ihm hoch. »Aber das ist doch nicht so wichtig, nicht wahr?« Und dann wurden ihre Augen plötzlich ganz groß. Sie hielt den Atem an. »Oh!« sagte sie. »Oh! Wie merkwürdig! Sie begreifen nicht ...«

Macfarlane war verblüfft. Immer noch starrte sie ihn an.

»Ich dachte, Sie müßten ... Sie sollten es eigentlich. Sie sehen aus, als könnten Sie es auch ...«

»Was denn?«

»Als hätten Sie die Gabe – oder den Fluch; nennen Sie es, wie Sie wollen. Ich glaube, Sie haben es auch. Schauen Sie ganz genau auf diese Vertiefung im Gestein. Denken Sie gar nichts; sehen Sie bloß hin ... Ah!« sagte sie plötzlich und erschauerte. »Und – haben Sie etwas gesehen?«

»Es muß Einbildung gewesen sein. Für einen kurzen Augenblick sah es so aus, als wäre sie voll mit – Blut!«
Sie nickte. »Ich wußte, daß Sie es können. Das hier ist die Stelle, an der die Sonnenanbeter ihr Opfer darbrachten. Ich wußte es, bevor man es mir erzählte. Und manchmal weiß ich sogar, was sie dabei empfanden – als wäre ich selbst dabei gewesen ... Und die Heide hat etwas, das mir das Gefühl gibt, als kehrte ich langsam zurück ... Daß ich diese Gabe besitze, ist nur natürlich. Schließlich bin ich eine Ferguesson. Das zweite Gesicht liegt in der Familie. Und bevor mein Vater sie heiratete, war meine Mutter ein Medium. Christine hieß sie. Sie war sehr berühmt.«
»Meinen Sie mit ›Gabe‹ die Fähigkeit, Dinge zu sehen, bevor sie geschehen?«
»Ja – vorher und hinterher, das ist dasselbe. Zum Beispiel sah ich, wie Sie überlegten, warum ich Maurice geheiratet hätte – o ja, das haben Sie! Die Erklärung ist ganz einfach: Ich habe immer gewußt, daß irgend etwas Entsetzliches drohend über ihm hängt ... Davor möchte ich ihn bewahren ... Frauen sind nun einmal so. Mit meiner Gabe sollte ich eigentlich in der Lage sein, es zu verhindern – wenn es überhaupt zu verhindern ist. Dickie konnte ich nicht helfen. Und Dickie wollte es auch nicht begreifen ... Er hatte Angst. Er war noch sehr jung.«
»Zweiundzwanzig.«
»Und ich bin dreißig. Aber das meinte ich nicht. Es gibt so viele Arten, voneinander getrennt zu werden: durch Länge und Höhe und Breite ... aber durch die Zeit getrennt zu sein, ist das schlimmste ...« Sie versank in ein langes grübelndes Schweigen.
Der gedämpfte Klang eines Gongs, der vom Haus herauf drang, störte sie auf.
Beim Mittagessen beobachtete Macfarlane ihren Mann, Maurice Haworth. Zweifellos war Mr. Haworth in seine Frau sehr verliebt. In seinen Augen lag die fraglose, glückliche Zuneigung eines Hundes. Macfarlane bemerkte auch die Zärtlichkeit, mit der sie darauf reagierte und die einen Anflug von Mütterlichkeit hatte. Nach dem Essen verabschiedete er sich.
»Ich bleibe für einen Tag – oder auch zwei – unten im Gasthaus. Darf ich noch einmal heraufkommen und Sie wiedersehen? Morgen vielleicht?«
»Selbstverständlich. Aber ...«
»Aber was?«

Sie fuhr mit der Hand über die Augen. »Ich weiß nicht. Ich – ich glaube fast, wir sollten uns nicht noch einmal sehen. Das ist alles. Auf Wiedersehen.«
Langsam ging er die Straße hinunter. Gegen seinen Willen schien eine eisige Hand sein Herz umklammert zu haben. Nicht wegen ihrer Worte, natürlich, sondern ...
Ein Wagen fegte durch die Kurve. Er preßte sich an die Hecke – gerade noch rechtzeitig. Eine merkwürdige graue Blässe überzog sein Gesicht ...

3

»Um Himmels willen – meine Nerven sind zum Teufel«, knurrte Macfarlane, als er am folgenden Morgen aufwachte. Nüchtern rief er sich die Ereignisse des vergangenen Nachmittags ins Gedächtnis. Der Wagen, der Abkürzungsweg zum Gasthaus und der plötzliche Nebel, der ihn vom Wege abgebracht hatte, und dazu das Bewußtsein, daß ganz in der Nähe ein gefährliches Sumpfstück lag; dann die Schornsteinhaube, die vom Gasthof heruntergefallen war, und der Brandgeruch nachts, der von einem glimmenden Holzstück stammte, das auf dem Vorleger seines Kamins gelegen hatte. Es hatte nichts zu bedeuten! Gar nichts hatte es zu bedeuten – aber dazu ihre Worte und die tiefe, von ihm gar nicht bemerkte Gewißheit in seinem Herzen, daß sie Bescheid wußte ...
In einem plötzlichen Anfall schleuderte er die Bettdecke weg. Er mußte aufstehen, und als erstes mußte er sie sprechen. Das würde den Bann brechen. Vorausgesetzt allerdings, er würde heil hinkommen ... Himmel, was war er doch für ein Idiot!
Zum Frühstück konnte er kaum etwas essen. Als es zehn Uhr schlug, befand er sich bereits auf dem Weg. Um zehn Uhr dreißig drückte seine Hand auf die Klingel. Erst dann, nicht einen Augenblick früher, erlaubte er sich einen tiefen Atemzug der Erleichterung. »Ist Mrs. Haworth da?«
Es war dieselbe ältere Frau, die ihm gestern aufgemacht hatte. Ihr Gesicht war jedoch völlig verändert – von Gram zerfurcht.
»O Sir! O Sir – haben Sie es denn noch nicht gehört?«
»Was gehört?«
»Miss Alistair, das arme Schäfchen! Ihre Tropfen! Jeden Abend nahm sie sie. Der arme Captain ist außer sich – fast wahnsinnig ist er. In der Dunkelheit hat er die falsche Flasche vom Bord ge-

nommen ... Der Doktor wurde zwar gleich geholt, aber es war zu spät ...«
Und dann fielen Macfarlane plötzlich wieder ihre Worte ein: *»Ich habe immer gewußt, daß irgend etwas Entsetzliches drohend über ihm hängt ... Davor möchte ich ihn bewahren – wenn es überhaupt zu verhindern ist ...«* Aber das Schicksal läßt sich nicht betrügen ... Seltsames Verhängnis der Vision, das zerstört hatte, wo es zu retten versuchte ...
Die alte Dienerin fuhr fort: »Mein armes Lämmchen! So süß und so freundlich war sie immer, und so leid tat es ihr, wenn irgendwo Kummer herrschte. Sie konnte es nicht ertragen, daß jemand verletzt wurde.« Sie zögerte, fügte dann jedoch hinzu: »Möchten Sie nach oben gehen und sie noch einmal sehen, Sir? Nach allem, was sie sagte, nehme ich an, daß Sie sie schon seit langem kennen. Seit sehr langer Zeit, sagte sie ...«
Macfarlane folgte der alten Frau die Treppe hinauf in das Zimmer, das über dem Wohnraum lag, wo er tags zuvor ihre singende Stimme gehört hatte. Im oberen Teil der Fenster war buntes Glas eingelassen. Es warf rotes Licht auf das Kopfende des Bettes ... *Eine Zigeunerin mit einem roten Tuch um den Kopf* ... Unsinn! Seine Nerven spielten ihm schon wieder einen Streich. Lange schaute er Alistair Haworth zum letztenmal an.

4

»Eine Dame möchte Sie sprechen, Sir.«
»Was ist?« Geistesabwesend sah Macfarlane seine Wirtin an. »Oh, Verzeihung, Mrs. Rowse, ich fange schon an, Gespenster zu sehen.«
»Wirklich, Sir? Nach Einbruch der Dunkelheit kann man auf der Heide manchmal schon merkwürdige Dinge sehen; das weiß ich. Einmal ist es die weiße Dame, dann wieder der Teufelsschmied, oder auch der Seemann und die Zigeunerin ...«
»Was sagten Sie eben? Der Seemann und die Zigeunerin?«
»Das behaupten die Leute wenigstens, Sir. Als ich noch jung war, erzählten sich die Leute noch eine Geschichte dazu. Vor einer ganzen Weile hätten die beiden sich geliebt und zerstritten ... Aber jetzt sind sie schon lange Zeit nicht mehr gesehen worden.«

»Wirklich? Vielleicht, daß sie – möglicherweise – jetzt wieder ...«
»Um Gottes willen, Sir! Sagen Sie so etwas nicht! Und die junge Dame ...«
»Welche junge Dame?«
»Die Sie sprechen möchte. Sie ist im Gastzimmer. Eine Miss Lawes – so hat sie gesagt.«
»Oh!«
Rachel! Er verspürte ein seltsames Gefühl des Zusammenziehens, ein Verschieben der Perspektiven. Heimlich hatte er in eine andere Welt hineingeschaut. Rachel hatte er darüber vergessen, denn Rachel gehörte allein zu diesem Leben ... Wieder dieses merkwürdige Verschieben der Perspektiven, dieses Zurückgleiten in eine Welt mit nur drei Dimensionen.
Er öffnete die Tür zum Gastzimmer. Rachel – mit ihren ehrlichen braunen Augen. Und plötzlich, als erwachte er aus einem Traum, überwältigte ihn eine warme Welle freudiger Wirklichkeit. Er lebte – lebte! Und er überlegte: ›Es gibt immer nur ein einziges Leben, dessen man ganz sicher sein kann! Das ist dieses Leben!‹
»Rachel!« sagte er, legte seine Fingerspitzen unter ihr Kinn und küßte ihre Lippen.

Die Zeugin der Anklage

Mr. Mayherne rückte seinen Kneifer gerade und räusperte sich mit jenem ausgedörrten Hüsteln, das typisch für ihn war. Dann blickte er wieder sein Gegenüber an – jenen Mann, der eines vorsätzlichen Mordes beschuldigt war.
Mr. Mayherne war ein kleiner Mann, pedantisch in seiner Art, adrett – um nicht zu sagen: geckenhaft – gekleidet und mit einem Paar sehr gescheiter und durchdringender grauer Augen: alles andere also als ein Dummkopf. Als Anwalt stand Mr. Mayherne tatsächlich in sehr hohem Ansehen. Wenn er mit seinem Mandanten sprach, klang seine Stimme trocken, jedoch nicht empfindungslos.
»Ich muß Ihnen noch einmal nachdrücklich sagen, daß Sie sich in einer sehr ernsten Gefahr befinden und größte Offenheit vonnöten ist.«
Leonard Vole, der wie betäubt auf die kahle Mauer gestarrt hatte, der er gegenüber saß, ließ seinen Blick zu dem Anwalt wandern.
»Ich weiß«, sagte er ohne Hoffnung. »Das haben Sie mir schon mehrfach gesagt. Anscheinend kann ich mir jedoch nicht ganz klar werden, daß man mich eines Mordes beschuldigt – ausgerechnet eines Mordes! Und dazu noch eines so gemeinen Verbrechens.«
Mr. Mayherne dachte praktisch, nicht gefühlvoll. Er räusperte sich wieder, nahm den Kneifer ab, polierte sorgfältig die Gläser und setzte ihn wieder auf die Nase.
»Ja, ja, ja«, sagte er dann. »Aber jetzt, mein lieber Mr. Vole, werden wir einen entscheidenden Versuch machen, Sie hier herauszubekommen, und das wird uns gelingen – das wird uns bestimmt gelingen. Doch dazu muß ich sämtliche Tatsachen kennen. Ich muß wissen, was man alles in diesem Fall gegen Sie vorbringen kann. Dann erst können wir uns entscheiden, auf welcher Linie wir die Verteidigung am besten aufbauen.«
Immer noch sah der junge Mann ihn in derselben betäubten, hoffnungslosen Art an. Auf Mr. Mayherne hatte der Fall bisher einen ziemlich aussichtslosen Eindruck gemacht, und die Schuld

des Häftlings schien erwiesen zu sein. Jetzt kamen ihm, zum erstenmal, Zweifel.

»Ich glaube, ich bin schuldig«, sagte Leonard Vole mit leiser Stimme. »Aber ich schwöre bei Gott, daß ich es nicht war! Die Sache sieht für mich ziemlich finster aus – das weiß ich. Mir geht es wie einem Mann, der sich in einem Netz verfangen hat – überall um mich herum sind Maschen, in denen ich hängenbleibe, sobald ich mich irgendwie bewege. Aber ich habe es nicht getan, Mr. Mayherne, ich habe es nicht getan!«

In einer derartigen Lage war es unvermeidbar, daß ein Mensch seine Unschuld beteuerte. Mr. Mayherne wußte Bescheid. Und dennoch war er gegen seinen Willen beeindruckt. Es konnte schließlich immerhin möglich sein, daß Leonard Vole unschuldig war.

»Sie haben völlig recht, Mr. Vole«, sagte er. »Es sieht für Sie äußerst schlecht aus. Trotzdem erkenne ich Ihre Beteuerung an. Kommen wir aber jetzt zu den Tatsachen. Ich möchte, daß Sie mir mit Ihren eigenen Worten ganz genau schildern, wie Sie seinerzeit Miss Emily French kennenlernten.«

»Das war in der Oxford Street. Ich sah eines Tages, wie eine ältere Dame die Straße überquerte. Sie hatte eine Menge Pakete und Päckchen bei sich. Mitten auf der Fahrbahn ließ sie sie fallen, versuchte, sie wieder aufzuheben, merkte plötzlich, daß ein Autobus genau auf sie losfuhr, und schaffte es dann doch noch, heil und unversehrt den Bürgersteig zu erreichen; sie war wie betäubt und leicht verstört, weil die Leute sie anschrien. Ich sammelte die Pakete ein, säuberte sie, so gut ich konnte, schnürte ein Paket wieder zu und brachte sie ihr.«

»Es handelte sich also nicht darum, daß Sie ihr das Leben gerettet hatten?«

»Um Himmels willen – nein! Was ich damals tat, war nichts weiter als eine völlig normale Höflichkeit. Sie war mir äußerst dankbar – das wiederholte sie mehrmals, und dann sagte sie auch noch, daß mein Verhalten so ganz anders wäre als das der meisten jungen Leute; genau kann ich mich an ihre Worte natürlich nicht mehr erinnern. Ich zog dann meinen Hut und ging weiter. Ich rechnete nicht damit, ihr noch einmal zu begegnen, aber das Leben steckt voller merkwürdiger Zufälle. Denn noch am gleichen Abend sah ich sie auf der Party im Hause eines Freundes wieder. Sie erkannte mich sofort und bat darum, daß ich ihr vorgestellt würde. Dabei erfuhr ich, daß sie eine Miss Emily French sei und in Cricklewood wohne. Ich unterhielt mich eine Weile mit ihr. Sie war meiner Ansicht nach eine alte Dame, die sich plötzlich und sehr heftig zu irgendwelchen Leuten hingezogen fühlte. Auf mich verfiel sie dank einer ganz simplen Tat, die jeder andere genausogut hätte ausführen können. Beim Abschied schüttelte sie mir mit Wärme die Hand und meinte, ich müsse sie unbedingt besuchen. Ich erwiderte natürlich, daß ich es sehr gern tun würde, und daraufhin drängte sie mich, gleich einen Tag auszumachen. Besondere Lust hatte ich zwar nicht, aber wenn ich mich geweigert hätte, wäre es unhöflich von mir gewesen, und deshalb schlug ich den nächsten Sonnabend vor. Nachdem sie gegangen war, erfuhr ich von meinen Freunden einige Einzelheiten über sie: daß sie reich sei, daß sie ein Sonderling sei, daß sie mit ihrem Dienstmädchen allein zusammen wohne und daß sie nicht weniger als acht Katzen besitze.«

»Ich verstehe«, sagte Mr. Mayherne. »Die Frage ihrer Wohlhabenheit tauchte also schon so früh auf?«

»Wenn Sie meinen, ob ich danach gefragt ...« sagte Leonard Vole erregt, aber Mr. Mayherne brachte ihn mit einer Handbewegung zum Schweigen.

»Ich muß den Fall so betrachten, wie er von der Gegenseite vorgebracht werden wird. Ein gewöhnlicher Beobachter hätte niemals vermutet, daß Miss French eine wohlhabende Dame war. Sie führte ein ärmliches, fast bescheidenes Leben. Hätte man Ihnen nicht das Gegenteil erzählt, hätten Sie sie aller Wahrscheinlichkeit nach für eine Frau in ärmlichen Verhältnissen gehalten – jedenfalls zu Anfang. Wer hat Ihnen eigentlich erzählt, daß Miss French reich sei?«

»Mein Freund George Harvey, in dessen Haus die Party damals stattfand.«

»Ob er sich noch daran erinnern wird?«

»Das weiß ich wirklich nicht. Immerhin ist es schon eine ganze Weile her.«

»Damit haben Sie recht, Mr. Vole. Aber verstehen Sie: Der Anklage wird es in erster Linie auf den Nachweis ankommen, daß Sie damals finanziell etwas auf dem trockenen saßen – das stimmt doch, nicht wahr?«

Leonard Vole wurde rot.

»Ja«, sagte er leise. »Ich hatte damals gerade eine teuflische Pechsträhne.«

»Ganz richtig«, sagte Mayherne. »Und als Sie, wie gesagt, finanziell auf dem trockenen saßen, lernten Sie diese reiche alte Dame kennen und pflegten diese Bekanntschaft mit Bedacht. Wenn wir in der Lage wären und sagen könnten, Sie hätten von ihrem Vermögen nichts gewußt und hätten sie aus reiner Herzensfreundschaft besucht ...«

»Aber so war es doch auch!«

»Möglicherweise. Darüber wollen wir uns jetzt nicht streiten. Ich versuche nur, mir die Angelegenheit wie ein Außenstehender vorzustellen. Sehr viel hängt von dem Erinnerungsvermögen des Mr. Harvey ab. Glauben Sie, daß er sich an Ihre Unterhaltung noch erinnern wird? Ist es möglich, daß er von der Staatsanwaltschaft irritiert und zu der Annahme gebracht werden kann, daß sie erst später stattfand?«

Leonard Vole überlegte einige Minuten. Dann sagte er bestimmt, wenn auch mit einem noch blasseren Gesicht: »Ich glaube nicht, daß wir damit Erfolg haben werden, Mr. Mayherne. Es waren noch ein paar dabei, die seine Bemerkung hörten, und einige zogen mich noch wegen der Eroberung einer reichen alten Dame auf.«

Der Anwalt bemühte sich, seine Enttäuschung hinter einer Handbewegung zu verbergen.

»Pech«, sagte er. »Aber ich beglückwünsche Sie zu Ihrer Offenheit, Mr. Vole. Mir kommt es bei allem einzig und allein darauf an, Ihnen zu sagen, was Sie tun sollen. Ein Beharren auf der von mir genannten Linie würde verheerende Folgen haben. Lassen wir es also vorerst dabei. Sie machten die Bekanntschaft von Miss French, besuchten sie, und die Bekanntschaft entwickelte sich weiter. Dafür brauchen wir aber einen klaren Grund. Warum widmeten Sie – ein junger Mann von dreiunddreißig Jahren, sportbegeistert und bei Ihren Freunden beliebt – einen so großen Teil Ihrer Zeit ausgerechnet einer älteren Frau, mit der Sie doch wohl kaum irgendwelche Gemeinsamkeiten haben konnten?«

Leonard Vole hob erregt beide Hände.

»Das kann ich Ihnen nicht sagen – das kann ich Ihnen wirklich nicht sagen. Nach meinem ersten Besuch drängte sie mich, bald wiederzukommen, und sprach davon, daß sie einsam und unglücklich wäre. Und sie machte es mir schwer, ihre Aufforderung abzulehnen. Sie zeigte mir ihre Zuneigung und Herzlichkeit so offen, daß ich dadurch in eine schreckliche Situation geriet. Sehen Sie, Mr. Mayherne – ich bin nun einmal keine entschlossene Natur; ich bin oft schwankend, und ich gehöre zu den Leuten, die nicht nein sagen können. Und Sie können es mir glauben oder auch nicht, aber nach meinem dritten oder vierten Besuch merkte ich auf einmal, daß ich dieser alten Frau ebenfalls zugetan war. Meine Mutter starb, als ich noch ein Kind war. Ich wuchs bei einer Tante auf, und ich war keine fünfzehn, als sie ebenfalls starb. Wenn ich Ihnen nun erzählte, daß ich es richtig genoß, bemuttert und verhätschelt zu werden, würden Sie doch nur lachen.«

Mr. Mayherne lachte nicht. Statt dessen nahm er wieder seinen Kneifer ab und putzte die Gläser – immer ein Zeichen, daß er angestrengt nachdachte.

»Ich akzeptiere Ihre Erklärung, Mr. Vole«, sagte er schließlich. »Ich glaube, daß sie psychologisch wahrscheinlich ist. Ob das Gericht sich dieser Ansicht anschließt, ist eine andere Frage. Fahren Sie bitte mit Ihrem Bericht fort. Wann geschah es, daß Miss French Sie zum erstenmal bat, sich um ihre geschäftlichen Angelegenheiten zu kümmern?«

»Als ich sie zum dritten- oder viertenmal besucht hatte. Von finanziellen Dingen verstand sie nur sehr wenig, und sie hatte Kummer mit irgendwelchen Geldanlagen.«

Mr. Mayherne blickte ihn scharf an.

»Vorsicht, Mr. Vole. Janet Mackenzie, das Dienstmädchen, erklärt, ihre Herrin wäre eine gute Geschäftsfrau gewesen und hätte ihre gesamten Transaktionen immer selbst erledigt; diese Erklärung deckt sich mit der Aussage, die die Bankiers über Miss French gemacht haben.«

»Aber ich kann es doch nicht ändern«, sagte Vole ernst. »Sie hat es mir selbst gesagt.«

Schweigend blickte Mr. Mayherne ihn eine Weile an. Obgleich er nicht die Absicht hatte, es laut auszusprechen, wurde sein Glaube an Leonard Voles Unschuld in diesem Augenblick bestärkt. Er kannte sich in der Mentalität älterer Damen einigermaßen aus. Und er sah Miss French vor sich: vernarrt in diesen gutaussehenden jungen Mann, immer auf der Suche nach neuen Vorwänden, um ihn in ihr Haus zu holen. Was lag näher, als die in geschäftlichen Dingen Unerfahrene zu spielen und ihn zu bitten, ihr in den finanziellen Fragen behilflich zu sein? Sie war eine Dame von Welt, und daher wußte sie, daß jeder Mann sich durch das Eingeständnis seiner Überlegenheit leicht geschmeichelt fühlen würde. Leonard Vole hatte sich geschmeichelt gefühlt. Vielleicht hatte sie auch gar nichts dagegen gehabt, diesem jungen Mann zu zeigen, daß sie wohlhabend war. Emily French war eine alte Frau mit einem starken Willen gewesen, bereit, ihren Preis für das zu zahlen, was sie haben wollte. Diese Überlegungen gingen Mr. Mayherne blitzschnell durch den Kopf; er behielt sie jedoch für sich. Statt dessen stellte er eine weitere Frage.

»Und auf ihren Wunsch hin haben Sie die Dinge in die Hand genommen?«

»Ja, das habe ich.«

»Mr. Vole«, sagte der Anwalt, »ich werde Ihnen jetzt eine sehr ernste Frage stellen – eine Frage, bei der es von entscheidender Bedeutung ist, daß Sie sie wahrheitsgemäß beantworten. Finanziell hatten Sie Schwierigkeiten. Sie hatten die geschäftlichen Probleme einer alten Frau in die Hand genommen – einer alten Dame, die nach eigenen Angaben nichts oder nur sehr wenig von diesen Dingen verstand. Haben Sie irgendwann und irgendwie die Ihnen anvertrauten Sicherheiten zu eigenen Zwecken verwendet? Haben Sie zu Ihrem eigenen finanziellen Vorteil irgendwelche Transaktionen durchgeführt, die das Tageslicht scheuen müßten?« Er hinderte den anderen an einer Antwort. »Überlegen Sie lieber noch einen Augenblick. Uns stehen zwei Möglichkeiten offen. Entweder wir betonen die Rechtschaffenheit und Ehrlichkeit, mit der Sie die Angelegenheit der alten Dame erledigten, während wir zugleich betonen, wie unwahrscheinlich es ist, daß Sie einen Mord begingen, um zu Geld zu kommen, da Sie das gleiche Ziel auch auf sehr viel leichtere Art erreichen konnten; wenn sich dabei jedoch, andererseits, Dinge ereignet haben sollten, die die Staatsanwaltschaft interessieren – wenn, um es offen auszusprechen, nachgewiesen werden kann, daß Sie die alte Dame in irgendeiner Weise beschwindelt oder betrogen haben –, dann müßten wir so vorgehen, daß Sie gar kein Motiv für den Mord gehabt hätten, da Miss French doch sowieso schon eine sichere Einnahmequelle für Sie bildete. Sie verstehen sicherlich den Unterschied. Und jetzt bitte ich Sie: Lassen Sie sich Zeit mit Ihrer Antwort.«

Aber Leonard Vole ließ sich nicht die geringste Zeit.

»Die Art, in der ich Miss Frenchs Angelegenheiten durchführte, ist völlig korrekt und unangreifbar gewesen. Ich habe ihre Interessen nach bestem Wissen und Gewissen vertreten, und das wird jeder bestätigen, der die Unterlagen überprüft.«

»Danke«, sagte Mr. Mayherne. »Das bedeutet für mich eine

große Erleichterung. Und ich mache Ihnen das Kompliment, Sie für viel zu intelligent zu halten, um mich in einem derartigen Punkt anzulügen.«

»Das, was am meisten zu meinen Gunsten spricht«, sagte Vole eifrig, »ist doch allein der Punkt, daß ein Motiv fehlt! Angenommen, ich hätte die Bekanntschaft mit einer reichen alten Dame nur in der Hoffnung gepflegt, Geld aus ihr herauszuholen – und das ist doch wohl der Kern dessen, was Sie meinten –, dann hat ihr Tod doch meine Hoffnungen zerstört.«

Der Anwalt blickte ihn offen an. Dann wiederholte er sehr nachdenklich seinen unbewußten Trick mit dem Kneifer. Erst als er ihn wieder auf die Nase gesetzt hatte, redete er.

»Ist Ihnen nicht bekannt, Mr. Vole, daß Miss French ein Testament hinterlassen hat, nach dem Sie der Haupterbe sind?«

»Das ist nicht wahr!« Der Häftling sprang auf. Seine Bestürzung war ehrlich und nicht gespielt. »Mein Gott! Was sagen Sie? Sie hat ihr Vermögen mir vererbt?«

Mr. Mayherne nickte langsam. Vole sank wieder in sich zusammen, den Kopf in die Hände gestützt.

»Behaupten Sie, dieses Testament nicht gekannt zu haben?«

»Was heißt behaupten? Da gibt es nichts zu behaupten! Ich weiß nichts davon!«

»Was würden Sie dazu sagen, wenn ich Ihnen mitteilte, daß Janet Mackenzie, das Dienstmädchen, beschwört, Sie wüßten doch Bescheid? Daß Miss French ihr unmißverständlich erzählte, sie hätte sich von Ihnen dabei beraten lassen und Ihnen ihre Absicht verraten?«

»Wirklich? Dann lügt sie! Nein – ich urteile zu vorschnell. Janet ist eine ältere Frau. Für ihre Herrin war sie ein zuverlässiger Wachhund, und mich mochte sie nicht. Sie war eifersüchtig und mißtrauisch. Ich gebe ohne weiteres zu, daß Miss French sich ihr anvertraute, aber entweder hat Janet irgend etwas mißverstanden, oder sie war in ihrer Vorstellung fest davon überzeugt, daß ich die alte Dame dazu überredet hätte. Sicher ist sie jetzt davon überzeugt, Miss French hätte es ihr tatsächlich erzählt.«

»Glauben Sie nicht, daß Janet eine so große Abneigung gegen Sie empfindet, um in dieser Angelegenheit ganz bewußt zu lügen?«

Leonard Vole sah erschrocken und irritiert aus.

»Nein – niemals. Weshalb denn?«

»Das weiß ich nicht«, sagte Mr. Mayherne nachdenklich. »Sie scheint jedenfalls sehr verbittert zu sein.«

Der unglückliche junge Mann stöhnte.
»Jetzt fange ich an, klar zu sehen«, murmelte er. »Es ist entsetzlich. Ich habe ihr den Hof gemacht, werden die Leute sagen, um sie dazu zu bringen, mir ihr Vermögen zu vererben, und dann bin ich abends, als sonst niemand im Hause war, hingegangen – man hat sie erst am nächsten Tag gefunden ... Oh, mein Gott, wie entsetzlich!«
»Sie irren sich, wenn Sie glauben, es wäre niemand im Hause gewesen«, sagte Mayherne. »Sie erinnern sich vielleicht, daß Janet an jenem Abend Ausgang hatte. Sie ging auch weg, aber gegen halb zehn kam sie noch einmal zurück, um das Schnittmuster für einen Blusenärmel zu holen, das sie einer Freundin versprochen hatte. Sie kam durch die Hintertür, ging nach oben, holte das Schnittmuster und verließ dann das Haus wieder. Aus dem Wohnzimmer hörte sie dabei Stimmen; sie konnte zwar nicht verstehen, was gesprochen wurde, ist aber bereit zu beschwören, daß es die Stimmen von Miss French und einem Mann waren.«
»Um halb zehn«, sagte Leonard Vole. »Halb zehn ...« Er sprang auf. »Aber dann bin ich gerettet! Gerettet ...!«
»Was wollen Sie damit sagen?« rief Mr. Mayherne verblüfft.
»Um halb zehn war ich doch längst wieder zu Hause! Meine Frau kann es bestätigen. Miss French habe ich um etwa fünf vor neun verlassen. Meine Frau hat noch auf mich gewartet. Oh – Gott sei Dank! Gott sei Dank! Und gesegnet sei Janet Mackenzies Schnittmuster.«
In seinem Überschwang merkte er gar nicht, daß der ernste Gesichtsausdruck sich nicht verändert hatte. Mr. Mayhernes Worte brachten ihn jedoch mit einem Schlag wieder auf die Erde zurück.
»Wer hat dann Miss French ermordet?«
»Wieso? Sicher irgendein Einbrecher, wie zuerst angenommen wurde. Das Fenster war, wie Sie sich erinnern werden, eingedrückt. Sie wurde durch einen Schlag mit einem Brecheisen getötet, und das Brecheisen wurde auf dem Fußboden, neben der Leiche, gefunden. Außerdem fehlten verschiedene Sachen. Wenn nicht Janets Mißtrauen und Abneigung gewesen wären, hätte die Polizei die richtige Spur bestimmt nicht aufgegeben.«
»Das wird nicht ausreichen, Mr. Vole«, sagte der Anwalt. »Die verschwundenen Sachen haben kaum einen Wert und wurden blindlings mitgenommen. Und die Spuren am Fenster waren alles andere als aufschlußreich.

Davon einmal abgesehen – Sie müssen jetzt an sich selbst denken. Sie sagen, Sie wären um halb zehn nicht mehr im Haus gewesen. Wer aber war dann der Mann, den Janet mit Miss French im Wohnzimmer reden hörte? Eine derart freundschaftliche Unterhaltung wird Miss French mit einem Einbrecher wohl kaum geführt haben.«

»Nein«, sagte Vole. »Nein ...« Er sah verwirrt und entmutigt aus. »Aber jedenfalls«, fügte er mit neu auflebendem Mut hinzu, »bin ich damit aus der Geschichte heraus. Jetzt habe ich wenigstens ein Alibi! Sie müssen mit Romaine, meiner Frau, sprechen – und zwar sofort.«

»Selbstverständlich«, willigte der Anwalt ein. »Ich hätte es auch schon lange getan, wenn Mrs. Vole nicht verreist gewesen wäre, als Sie verhaftet wurden. Ich habe dann gleich nach Schottland telegraphiert, und soviel ich weiß, kommt sie heute abend zurück. Im Anschluß an unsere Unterhaltung werde ich also sofort zu ihr gehen.«

Vole nickte, und ein starkes Gefühl der Befriedigung breitete sich auf seinem Gesicht aus.

»Ja – Romaine wird Ihnen alles bestätigen. Mein Gott, ist das ein glücklicher Zufall!«

»Verzeihen Sie, Mr. Vole – aber haben Sie Ihre Frau sehr gern?«

»Natürlich.«

»Und umgekehrt?«

»Romaine ist mir völlig ergeben. Sie würde für mich tun, was sie nur könnte.«

Er sprach voller Begeisterung, aber das Herz des Anwalts war bedrückter als bisher. Die Aussage einer Frau, die ihren Mann über alles liebte – würde sie Glauben finden?

»Hat Sie sonst noch jemand um neun Uhr zwanzig gesehen? Vielleicht das Dienstmädchen?«

»Wir haben kein Mädchen.«

»Sind Sie auf dem Rückweg irgend jemandem begegnet?«

»Niemandem, den ich kenne. Einen Teil der Strecke bin ich mit dem Autobus gefahren. Vielleicht kann der Schaffner sich an mich erinnern.«

Zweifelnd schüttelte Mr. Mayherne den Kopf.

»Es gibt also keinen, der die Aussage Ihrer Frau bestätigen könnte?«

»Nein. Aber das ist doch bestimmt nicht nötig!«

»Vielleicht nicht – vielleicht nicht«, sagte Mr. Mayherne schnell. »Dann noch eins: Wußte Miss French, daß Sie verheiratet sind?«

»Aber natürlich.«

»Und trotzdem haben Sie Ihre Frau nie mitgebracht. Warum?«

Zum erstenmal kam Leonard Voles Antwort zögernd und unsicher.

»Das – das weiß ich auch nicht.«

»Ist Ihnen klar, daß Janet Mackenzie behauptet, Miss French hätte Sie für einen alleinstehenden Mann gehalten und sich mit dem Gedanken getragen, Sie später zu heiraten?«

Vole lachte.

»Das ist doch albern. Zwischen uns war ein Altersunterschied von vierzig Jahren!«

»Es ist aber schon vorgekommen«, sagte der Anwalt trocken. »An den Tatsachen ändert es nichts. Haben sich Ihre Frau und Miss French jemals kennengelernt?«

»Nein ...« Wieder diese Befangenheit.

»Sie werden mir die Bemerkung erlauben«, meinte der Anwalt, »daß ich Ihr Verhalten in dieser Angelegenheit kaum verstehe.«

Vole errötete, zögerte und sagte schließlich: »Ich will ganz offen zu Ihnen sein. Sie wissen, daß ich Schwierigkeiten hatte. Ich hoffte, Miss French würde mir Geld borgen. Sie mochte mich gern, hatte jedoch für die Schwierigkeiten eines jungen Ehepaares überhaupt kein Interesse. Schon frühzeitig hatte ich gemerkt, daß sie der Überzeugung war, meine Frau und ich kämen miteinander nicht aus; sie glaubte, wir lebten getrennt. Mr. Mayherne: Ich brauchte Geld – um Romaines willen! Deshalb sagte ich nichts, sondern ließ die alte Dame das glauben, was sie wollte. Sie sprach davon, daß ich für sie so etwas wie ein Adoptivsohn wäre. Von einer Heirat war nie die Rede – das muß Janet sich einbilden.«

»Und das ist alles?«

»Ja – das ist alles.«

Lag nicht der Schatten eines Zögerns in seinen Worten? Der Anwalt bildete es sich nicht ein. Er erhob sich und streckte seine Hand aus.

»Auf Wiedersehen, Mr. Vole.« Er blickte in das verhärmte junge Gesicht und sprach ungewohnt erregt. »Ich glaube an Ihre Unschuld – trotz der Vielzahl von Tatsachen, die gegen Sie sprechen. Ich hoffe, es beweisen und Sie vollständig rehabilitieren zu können.«

Vole erwiderte seinen Blick lächelnd.
»Sie werden sehr schnell feststellen, daß mein Alibi stimmt«, sagte er fröhlich.
Wieder merkte er kaum, daß der andere darauf nichts erwiderte.
»Zu einem großen Teil kommt es hier auf die Aussage der Janet Mackenzie an«, sagte Mr. Mayherne. »Die Frau haßt Sie. Das dürfte ziemlich genau feststehen.«
»Aber dazu hat sie doch keinen Grund«, protestierte der junge Mann.
Der Anwalt schüttelte den Kopf, als er hinausging.
»Jetzt also zu Mrs. Vole«, murmelte er vor sich hin.
Die Art, wie die Angelegenheit sich entwickelte, bereitete ihm ernsthafte Sorgen.
Die Voles wohnten in einem kleinen schäbigen Haus in der Nähe von Paddington Green. Zu diesem Haus ging Mr. Mayherne.
Auf sein Klingeln wurde die Tür von einer großen schlampigen Frau geöffnet, offenbar der Putzfrau.
»Ist Mrs. Vole schon zurückgekommen?«
»Vor einer Stunde. Aber ich weiß nicht, ob sie zu sprechen ist.«
»Wenn Sie ihr vielleicht meine Karte bringen würden«, sagte Mr. Mayherne ruhig. »Ich bin überzeugt, daß sie für mich zu sprechen ist.«
Voller Zweifel sah die Frau ihn an, wischte ihre Hände an der Schürze ab und griff nach der Karte. Dann machte sie ihm die Tür vor der Nase zu und ließ ihn draußen auf der Treppe stehen.
Nach wenigen Minuten kehrte sie jedoch bereits zurück, und ihr Verhalten hatte sich etwas geändert.
»Kommen Sie bitte herein.«
Sie führte ihn in das winzige Wohnzimmer. Mr. Mayherne, der gerade ein an der Wand hängendes Bild betrachtete, fuhr plötzlich zusammen und sah sich einer großen blassen Frau gegenüber, die das Zimmer so lautlos betreten hatte, daß er es gar nicht gehört hatte.
»Mr. Mayherne? Sie sind der Anwalt meines Mannes, nicht wahr? Sie kommen gerade von ihm? Wollen Sie bitte Platz nehmen?«
Erst als sie sprach, merkte er, daß sie keine Engländerin war. Als er sie genauer beobachtete, fielen ihm ihre hohen Wangenknochen, die tiefe blauschwarze Tönung ihrer Haare und eine gelegentliche, kaum sichtbare Bewegung ihrer Hände auf, die

deutlich verriet, daß sie Ausländerin war. Eine merkwürdige Frau, und so ruhig – so ruhig, daß einem unbehaglich wurde. Vom allerersten Augenblick an war Mr. Mayherne sich bewußt, daß irgend etwas geschehen würde, was er nicht begriff.
»Also, meine liebe Mrs. Vole«, begann er, »Sie dürfen sich jetzt nicht . . .«
Er verstummte. Es war ganz deutlich zu erkennen, daß Mrs. Vole keineswegs die Absicht hatte, sich ihrer Verzweiflung hinzugeben: Sie war vollkommen ruhig und gefaßt.
»Wollen Sie mir bitte alles berichten?« sagte sie. »Ich muß alles wissen. Glauben Sie nicht, mir irgend etwas ersparen zu müssen. Auch das Schlimmste möchte ich wissen.« Sie zögerte, und dann wiederholte sie – etwas leiser zwar, aber mit einer merkwürdigen Betonung, die der Anwalt sich nicht erklären konnte: »Auch das Schlimmste möchte ich wissen!«
Mr. Mayherne wiederholte ihr seine Unterhaltung mit Leonard Vole. Sie hörte ihm aufmerksam zu, und gelegentlich nickte sie leicht.
»Ich verstehe«, sagte sie, als er fertig war. »Er möchte also, daß ich behaupte, er wäre an jenem Abend um zwanzig nach neun nach Hause gekommen?«
»Stimmt es denn nicht?« fragte Mr. Mayherne scharf.
»Darum geht es hier nicht«, sagte sie kalt. »Wird es ihn entlasten, wenn ich diese Aussage mache? Wird man mir überhaupt glauben?«
Mr. Mayherne war überrascht. Ungewöhnlich schnell hatte sie den Kern der Sache erkannt.
»Das ist der Punkt, über den ich jetzt Klarheit haben möchte«, sagte sie. »Wird es genügen? Gibt es sonst noch jemanden, der meine Aussage bestätigen kann?«
»Bis jetzt niemanden«, sagte er widerstrebend.
»Ich verstehe«, sagte Romaine Vole.
Vollständig ruhig saß sie eine Zeitlang da. Ein leises Lächeln spielte um ihren Mund.
Das alarmierende Gefühl des Anwalts wurde ständig stärker.
»Mrs. Vole . . .«, begann er. »Ich weiß, wie Ihnen jetzt zumute sein muß . . .«
»Wirklich?« sagte sie. »Wie denn?«
»Unter den gegebenen Umständen . . .«
»Unter den gegebenen Umständen – habe ich die Absicht, meine Rolle ganz allein zu spielen.«

Bestürzt sah er sie an.
»Aber meine liebe Mrs. Vole ... Sie sind sicherlich etwas überreizt. Wenn Sie Ihrem Mann jedoch so zugetan sind ...«
»Was sagten Sie?«
Die Schärfe ihrer Stimme ließ ihn stutzig werden. Zögernd wiederholte er: »Wenn Sie Ihrem Mann so zugetan sind ...«
Romaine Vole nickte langsam, immer noch dasselbe seltsame Lächeln auf den Lippen.
»Hat er Ihnen erzählt, ich wäre ihm zugetan?« fragte sie sanft. »O ja, ich sehe es Ihnen an. Wie dumm die Männer doch sind! Dumm – dumm – dumm ...«
Sie stand plötzlich auf. Die ganze erregte Spannung, die der Anwalt in der Atmosphäre des Zimmers gespürt hatte, lag jetzt allein in ihrem Tonfall. »Ich hasse ihn – wenn Sie es genau wissen wollen! Ich hasse ihn, hasse ihn, hasse ihn! Und am liebsten würde ich ihn hängen sehen, bis er endgültig tot ist!«
Der Anwalt schrak vor ihr und der glühenden Leidenschaft in ihren Augen zurück.
Sie kam einen Schritt näher und sagte heftig: »Vielleicht werde ich es doch noch erleben. Angenommen, ich würde Ihnen sagen, daß er an jenem Abend nicht um zwanzig nach neun, sondern um zwanzig nach zehn hier erschien? Sie sagen, er hätte Ihnen erzählt, daß er keine Ahnung gehabt hätte, als Erbe eingesetzt gewesen zu sein. Angenommen, ich würde Ihnen sagen, daß er es ganz genau wußte, daß er damit gerechnet hatte und daß er den Mord verübte, um das Geld zu bekommen? Angenommen, ich würde Ihnen sagen, daß er mir noch am gleichen Abend, nachdem er nach Hause gekommen war, anvertraute, was er getan hatte? Daß sein Mantel mit Blut beschmiert war? Was dann? Angenommen, ich stehe mitten in der Verhandlung auf und sage das alles?«
Ihre Augen schienen ihn herauszufordern. Mit Mühe verbarg er seine wachsende Bestürzung und bemühte sich sachlich zu bleiben. »Man kann von Ihnen nicht verlangen, daß Sie eine Aussage machen, die sich gegen Ihren Mann ...«
»Er ist nicht mein Mann!«
Diese Worte kamen so schnell, daß er glaubte, sich verhört zu haben. »Wie bitte? Ich ...«
»Er ist nicht mein Mann.«
Die Stille war so gespannt, daß man eine Nadel hätte fallen hören.

»Ich war Schauspielerin in Wien. Mein Mann ist noch am Leben, wenn auch in einer Irrenanstalt. Deshalb konnten wir nicht heiraten. Und heute bin ich froh darüber.«
Sie nickte herausfordernd.
»Mir wäre es sehr lieb, wenn Sie mir eines erklären könnten«, sagte Mr. Mayherne. Er bemühte sich, genauso kalt und unbeteiligt zu wirken wie bisher. »Warum sind Sie Leonard Vole gegenüber so verbittert?«
Sie schüttelte den Kopf und lächelte ein bißchen.
»Ja, das möchten Sie wohl gern wissen. Aber ich werde es Ihnen nicht sagen. Dieses Geheimnis werde ich für mich behalten . . .«
Mr. Mayherne räusperte sich wieder einmal trocken und erhob sich.
»Es hat wohl keinen Sinn, diese Unterhaltung fortzusetzen«, bemerkte er. »Sie werden wieder von mir hören, sobald ich mich mit meinem Mandanten in Verbindung gesetzt habe.«
Sie trat dicht an ihn heran und blickte ihn mit ihren wunderschönen dunklen Augen an.
»Sagen Sie – glaubten Sie, als Sie hierher kamen, ganz ehrlich, daß er unschuldig sei?«
»Das tat ich allerdings.«
»Sie Armer«, sagte sie lachend.
»Und ich bin immer noch davon überzeugt«, sagte der Anwalt abschließend.« Guten Abend, Madam.«
Er verließ das Zimmer und nahm die Erinnerung an ihr verblufftes Gesicht mit sich.
›Das wird eine verteufelt schwierige Geschichte‹, sagte sich Mr. Mayherne, als er die Straße entlang schlenderte.
Ungewöhnlich – die ganze Angelegenheit. Eine ungewöhnliche Frau. Eine sehr gefährliche Frau. Frauen können Teufel sein, wenn sie jemandem das Messer auf die Brust gesetzt haben.
Was war jetzt zu tun? Dieser unglückliche junge Mann: Nicht einmal mit einem seiner Beine stand er fest auf der Erde. Natürlich bestand die Möglichkeit, daß er das Verbrechen tatsächlich begangen hatte . . .
›Nein‹, sagte sich Mr. Mayherne. ›Nein – es sind beinahe zu viele Beweise, die gegen ihn sprechen. Ich glaube dieser Frau nicht. Sie hat sich die ganze Geschichte ausgedacht. Aber vor Gericht wird sie sie bestimmt nicht erzählen.‹
Allerdings wäre es ihm lieb gewesen, in diesem Punkt überzeugter sein zu können.

Die Vorverhandlung verlief kurz und dramatisch. Kronzeugen der Anklage waren Janet Mackenzie, Dienstmädchen der Toten, und Romaine Heilger, österreichische Staatsangehörige und Geliebte des Verhafteten.

Mr. Mayherne saß im Verhandlungsraum und lauschte der belastenden Aussage der zweiten Zeugin. Sie bewegte sich auf der Linie, die die Zeugin ihm gegenüber bereits angedeutet hatte.

Der Inhaftierte verzichtete auf eine Verteidigung, und sein Fall wurde an das Gericht überwiesen.

Mr. Mayherne war mit seinem Latein am Ende. Der Fall Leonard Vole schien so aussichtslos wie nur denkbar. Selbst der berühmte Strafverteidiger, der die Vertretung Voles übernommen hatte, besaß kaum mehr Hoffnung.

»Wenn wir die Aussage dieser Österreicherin erschüttern könnten, bestünde noch eine Möglichkeit«, sagte er zweifelnd. »Aber sonst sieht es schlecht aus.«

Mr. Mayherne hatte seine ganze Kraft auf einen einzigen Punkt konzentriert: Angenommen, Leonard Vole sagte die Wahrheit und hatte die Ermordete tatsächlich um neun Uhr verlassen – wer war dann der Mann, den Janet um halb zehn gehört hatte, als er mit Miss French sprach?

Der einzige Lichtblick war ein Neffe, ein Taugenichts, der in der Vergangenheit durch Schmeicheleien und Drohungen verschiedentlich Geld aus seiner Tante herausgeholt hatte. Wie der Anwalt erfuhr, hatte Janet Mackenzie sich zu dem jungen Mann immer sehr hingezogen gefühlt und nie aufgehört, seine Forderungen gegenüber seiner Tante zu unterstützen.

Tatsächlich bestand die Möglichkeit, daß der Neffe seine Tante nach dem Weggang Leonard Voles aufgesucht hatte, obwohl er in keinem seiner früheren Schlupfwinkel gefunden worden war.

In sämtlichen übrigen Richtungen waren die Nachforschungen des Anwalts ergebnislos verlaufen. Keiner hatte beobachtet, wie Leonard Vole sein eigenes Haus betrat oder das der Miss French verließ. Niemand hatte gesehen, daß irgendein anderer Mann das Haus in Cricklewood betrat. Alle Erkundigungen verliefen im Sande.

Am Vorabend der Verhandlungen erhielt Mr. Mayherne jedoch einen Brief, der seine Gedanken in eine vollkommen neue Richtung lenkte.

Er kam mit der Post um sechs: ein unbeholfenes Gekritzel auf

normalem Papier in einem schmutzigen Umschlag, mit einer auf dem Kopf stehenden Briefmarke frankiert.
Mr. Mayherne mußte ihn mehr als einmal lesen, bis er seine Bedeutung begriff.

»Dear Mister,
sie sind ja wohl der Rechtsanwalt wo immer wegen den jungen Mann nachfragt. Wen sie wissen wolen was mit der angemahlten Schlampe ist die Wo doch nur lügt Wie gedruckt, dann komen sie Heute Abend in die Shaw's Rents Stepney 16. Das Kostet sie 2 Hundert blaue und Fragen sie blos nach Missis Mogson.«

Der Anwalt las diesen merkwürdigen Brief und las ihn dann noch einmal ganz genau. Es konnte natürlich ein Schwindel sein – aber als er genau überlegte, wurde er zunehmend überzeugt, daß der Brief echt war, und ferner überzeugt, daß er für den Häftling die einzige Hoffnung darstellte. Die Aussage der Romaine Heilger bedeutete für ihn das Todesurteil, und die Absicht der Verteidigung – zu behaupten, daß man der Aussage einer Frau, die ein zugegebenermaßen unmoralisches Leben führe, doch wohl kaum Glauben schenken dürfe – war bestenfalls ein schwacher Versuch.
Mr. Mayherne hatte sich zu einem Entschluß durchgerungen. Es war seine Pflicht, seinen Mandanten, koste es, was es wolle, zu retten. Er mußte einfach hingehen.
Er hatte gewisse Schwierigkeiten, das Haus – ein baufälliges Gebäude in einem übelriechenden Elendsviertel – zu finden; aber schließlich gelang es ihm, und auf seine Frage nach einer Mrs. Mogson wurde er an ein Zimmer im dritten Stock verwiesen. Er klopfte an die Tür dieses Zimmers, und da sich nichts rührte, klopfte er zum zweitenmal.
Nach seinem zweiten Klopfen hörte er hinter der Tür ein schlurrendes Geräusch, und gleich darauf wurde die Tür vorsichtig eine halbe Handbreit geöffnet, und eine gebeugte Gestalt guckte durch den Spalt.
Plötzlich fing die Frau – denn es handelte sich um eine Frau – an zu kichern und öffnete die Tür ein Stück.
»Bist du doch noch gekommen, Süßer«, sagte sie mit keuchender Stimme. »Sonst keiner dabei, was? Keine Dummheiten? Schön – dann komm rein.«

Mit leichtem Widerwillen trat der Anwalt über die Schwelle in einen kleinen schmutzigen Raum, in dem flackernd ein Gasofen brannte. In der einen Ecke stand ein ungemachtes unsauberes Bett, davor befanden sich ein einfacher Holztisch und zwei wackelige Stühle. Zum erstenmal sah Mr. Mayherne die Bewohnerin dieser scheußlichen Behausung in voller Größe. Sie war eine Frau in den mittleren Jahren, gebeugt, mit einem Schwall unordentlicher grauer Haare und einem Halstuch, das sie sich fest um das Gesicht gebunden hatte. Sie sah, daß er auf das Tuch starrte, und lachte wieder ihr seltsames, tonloses Kichern.

»Möchtest wohl gern wissen, warum ich meine Schönheit verstecke, was, Süßer? Hehehe! Hast wohl Angst, ich könnte dich in Versuchung bringen, was? Aber du sollst es sehen – sollst es sehen!«

Sie zog das Tuch ein Stück zur Seite, und unfreiwillig schrak der Anwalt vor dem Anblick der fast umrißlosen, blutroten Narbe zurück. Sie zog das Tuch wieder vor.

»Einen Kuß willst du mir jetzt wohl nicht mehr geben, Süßer – was? Hehe, das wundert mich nicht. Aber trotzdem war ich früher ein hübsches Mädchen – das ist noch gar nicht so lang her, wie du denkst. Vitriol, Süßer, Vitriol – davon habe ich das. Aber jetzt sollen sie es büßen ...«

Sie stieß einen Schwall gemeiner Flüche aus, den Mr. Mayherne vergeblich einzudämmen versuchte. Schließlich verstummte sie, und ihre Hände schlossen und öffneten sich nervös.

»Schluß damit!« sagte der Anwalt streng. »Ich bin hierher gekommen, weil ich Grund zu der Annahme habe, daß die Information, die Sie mir geben wollen, meinen Mandanten Leonard Vole von jedem Verdacht befreien wird. Ist dies der Fall?«

Ihre Augen starrten ihn listig an.

»Und was ist mit dem Geld, Süßer?« keuchte sie. »Zweihundert Blaue – das war doch abgemacht, nicht?«

»Sie sind zur Aussage verpflichtet und können dazu notfalls gezwungen werden.«

»Ich nicht, Süßer. Ich bin eine alte Frau, und ich weiß von nichts. Aber wenn du mir die zweihundert Blauen gibst, kann ich dir dafür den einen oder anderen Tip geben. Kapiert?«

»Welche Art von Tip?«

»Was meinst du zu einem Briefchen? Einen von ihr! Du brauchst gar nicht zu fragen, wie ich dazu gekommen bin. Das ist meine

Sache. Mit dem Brief schaffst du's. Aber dann will ich auch meine zweihundert haben.«

»Ich werde Ihnen zehn Pfund geben – nicht mehr! Und auch nur dann, wenn der Brief dem entspricht, was Sie behaupten.«

»Zehn Pfund?« Sie schrie und tobte.

»Zwanzig«, sagte Mr. Mayherne, »aber das ist mein letztes Wort.«

Er erhob sich, als wollte er gehen. Dann allerdings zog er, während er sie genau beobachtete, seine Brieftasche und zählte zwanzig Ein-Pfund-Noten ab.

»Hier«, sagte er. »Mehr habe ich nicht bei mir. Sie können das Geld nehmen oder nicht – wie Sie wollen.«

Er wußte jedoch bereits, daß der Anblick der Geldscheine über ihre Kraft ging. Sie fluchte und tobte wieder, wenn auch nicht mehr so überzeugend, und schließlich gab sie nach. Sie ging zum Bett und zog irgend etwas unter der zerfetzten Matratze heraus.

»Hier hast du das verdammte Dreckzeug!« knurrte sie. »Der, den du suchst, liegt obenauf.«

Es war ein Stoß Briefe, den sie ihm hinwarf, und Mr. Mayherne schnürte das Bündel auf und durchblätterte es in seiner üblichen kalten, methodischen Art. Die Frau, die ihn gespannt beobachtete, konnte seinem unbeteiligt wirkenden Gesicht nichts entnehmen.

Er las jeden einzelnen Brief, griff dann noch einmal nach dem obersten und las diesen zum zweitenmal. Dann verschnürte er das Bündel wieder sorgfältig.

Es waren Liebesbriefe, geschrieben von Romaine Heilger, und der Mann, an den sie gerichtet waren, hieß nicht Leonard Vole. Der oberste Brief trug das Datum jenes Tages, an dem Vole verhaftet worden war.

»Jetzt habe ich doch die Wahrheit gesagt, was, Süßer?« winselte die Frau. »Mit dem obersten Brief ist sie erledigt, oder?«

Mr. Mayherne steckte die Briefe ein und stellte dann eine Frage. »Wie sind Sie zu diesem Briefwechsel gekommen?«

»Das ist eine lange Geschichte«, sagte sie und blinzelte ihn an. »Aber ich weiß noch mehr. Ich habe damals bei der Verhandlung gehört, was die Schlampe gesagt hat. Sieh doch mal nach, wo sie selbst denn eigentlich um zwanzig nach zehn war, wo sie zu Hause gewesen sein will. Frag doch mal im Lion Road Cinema nach! Die werden sich vielleicht noch erinnern – an ein so schönes und so ehrliches Mädchen. Zum Teufel soll sie sich scheren!«

»Wer ist der Mann?« fragte Mayherne. »In den Briefen steht nur sein Vorname.«
Die Stimme der anderen klang erstickt und heiser; ihre Hände öffneten und schlossen sich. Schließlich hob sie eine Hand an ihr Gesicht.
»Das ist der Mann, der mir das hier angetan hat. Ein paar Jahre ist das jetzt schon her. Sie hat ihn mir weggeschnappt – ein ganz junges Ding war sie damals. Und als ich ihm nach bin und ihn mir zurückholen wollte, hat er mir das verdammte Zeug ins Gesicht geschüttet. Und sie hat bloß gelacht – dieses Miststück! Jahrelang hat sie das bei mir gutgehabt! Ich bin immer hinter ihr her gewesen und habe alles ausspioniert. Und jetzt habe ich sie! Dafür wird sie jetzt büßen, was, Herr Rechtsanwalt? Wird sie jetzt dafür büßen?«
»Wahrscheinlich wird sie wegen Meineids einige Zeit ins Gefängnis kommen«, sagte Mr. Mayherne ruhig.
»Eingesperrt werden soll sie – mehr will ich gar nicht. Sie wollen jetzt wohl gehen, was? Wo ist mein Geld? Wo ist das schöne Geld?«
Wortlos legte Mr. Mayherne die Scheine auf den Tisch. Dann holte er tief Luft, drehte sich um und verließ das dürftige Zimmer. Als er noch einmal zurückblickte, sah er, daß die alte Frau das Geld an sich genommen hatte und leise vor sich hin summte.
Er vergeudete keine Zeit. Er fand das Kino in der Lion Road ohne die geringste Schwierigkeit, und als er dem Portier eine Aufnahme von Romaine Heilger zeigte, erinnerte dieser sich sofort: Es war schon zehn Uhr abends vorbei gewesen, als diese Dame an dem fraglichen Abend in Begleitung eines Mannes gekommen war. Auf ihren Begleiter hatte er nicht besonders geachtet, aber an die Dame konnte er sich genau erinnern, weil sie sich mit ihm noch über den Film unterhalten hatte, der gerade lief. Und die beiden gingen erst wieder nach Schluß der Vorstellung, etwa eine Stunde später.
Mr. Mayherne war zufrieden. Romaine Heilgers Aussage war von Anfang bis Ende erlogen. Diese Lügen waren aus ihrem leidenschaftlichen Haß geboren. Der Anwalt überlegte, ob er jemals erfahren würde, was hinter diesem Haß verborgen war. Was hatte Leonard Vole ihr angetan? Er hatte ausgesehen, als wäre er vom Donner gerührt gewesen, als der Anwalt ihm ihr Verhalten geschildert hatte. In vollem Ernst hatte Vole erklärt, für ihn wäre ihr Verhalten vollständig unerklärlich – und trotz-

dem hatte Mr. Mayherne den Eindruck gehabt, daß Voles Beteuerungen, als die erste Verblüffung verflogen war, weniger aufrichtig gewesen waren.
Es war ihm doch erklärlich – davon war Mr. Mayherne überzeugt. Er wußte es genau, hatte jedoch nicht die Absicht, die Hintergründe aufzudecken. Das Geheimnis zwischen den beiden mußte ein Geheimnis bleiben. Mr. Mayherne überlegte, ob er es irgendwann doch noch erfahren würde.
Der Anwalt blickte auf seine Uhr. Es war schon spät, aber Zeit bedeutet alles. Er winkte ein Taxi heran und nannte eine Adresse.
»Sir Charles muß es sofort erfahren«, murmelte er vor sich hin, als er einstieg.

Die Verhandlung des Falles Leonard Vole wegen Ermordung der Emily French erregte weithin Interesse. Vor allem war der Häftling jung und gutaussehend; ferner war er eines besonders scheußlichen Verbrechens angeklagt, und schließlich richtete sich das Interesse auf Romaine Heilger, die Kronzeugin der Anklage. In vielen Zeitungen waren Bilder von ihr erschienen sowie falsche Geschichten über ihre Herkunft und ihre Vergangenheit.
Der Prozeß begann ausgesprochen ruhig. Zuerst kamen technische Beweisfragen an die Reihe. Dann wurde Janet Mackenzie aufgerufen. Im wesentlichen erzählte sie die gleiche Geschichte wie bisher. Im Kreuzverhör gelang es dem Verteidiger, sie einmal oder auch zweimal in Widersprüche hinsichtlich Voles Verhältnisses zu Miss French zu verwickeln; er betonte die Tatsache, daß sie zwar an jenem Abend aus dem Wohnzimmer eine Männerstimme gehört hätte, daß jedoch nichts darauf hinwies, daß es sich dabei um Vole gehandelt hätte. Und schließlich gelang es ihm, das Gefühl zu erwecken, daß ein erheblicher Teil ihrer Aussage auf Haß und Eifersucht gegenüber dem Häftling beruhte.
Dann wurde die nächste Zeugin aufgerufen.
»Sie heißen Romaine Heilger?«
»Ja.«
»Sie sind österreichische Staatsangehörige?«
»Ja.«
»Während der letzten drei Jahre haben Sie mit dem Inhaftierten zusammengelebt und sich als seine Frau ausgegeben?«
Nur für einen kurzen Augenblick begegnete der Blick der

Romaine Heilger dem des Mannes auf der Anklagebank. Ihr Ausdruck war seltsam und unergründlich.
»Ja.«
Das Verhör ging weiter. Wort für Wort kamen die belastenden Tatsachen ans Tageslicht. Am fraglichen Abend hätte der Inhaftierte ein Brecheisen mitgenommen. Er wäre um zwanzig nach zehn heimgekehrt und hätte gestanden, die alte Dame umgebracht zu haben. Seine Manschetten wären blutbefleckt gewesen, und das Hemd hätte er im Herd verbrannt. Und durch Drohungen hätte er sie gezwungen, nichts zu verraten.
Im Verlauf ihrer Aussage wandte sich das Gefühl des Gerichts, das zuerst leicht auf seiten des Inhaftierten gestanden hatte, vollständig gegen ihn. Der Inhaftierte selbst hielt den Kopf gesenkt und machte einen schwermütigen Eindruck, als wüßte er, daß es um ihn geschehen war.
Dennoch hätte eigentlich auffallen müssen, daß sogar die Anklage versuchte, ihre Erbitterung etwas zu dämpfen. Eine weniger voreingenommene Zeugin wäre ihr lieber gewesen.
Furchterregend und drohend erhob sich der Strafverteidiger.
Er hielt der Zeugin vor, daß ihre Geschichte ein bösartiges Lügengewebe wäre, und zwar von Anfang bis Ende, daß sie zum fraglichen Zeitpunkt überhaupt nicht zu Hause gewesen wäre, daß sie einen anderen liebte und daß sie vorsätzlich versuchte, Vole wegen eines Verbrechens in den Tod zu schicken, das dieser gar nicht begangen hätte.
Mit großartiger Unverfrorenheit bestritt Romaine diese Behauptungen.
Dann kam der überraschende Beweis: die Vorlage des Briefes. Unter atemloser Stille wurde er dem Gericht vorgelesen.
»Max, Geliebter, das Schicksal hat ihn in unsere Hände gegeben! Er ist unter Mordverdacht verhaftet worden – jawohl, wegen Ermordung einer alten Dame! Und das Leonard, der keiner Fliege etwas zuleide tun würde! Jetzt kann ich mich endlich rächen. Der arme Junge! Ich werde aussagen, daß er damals blutbespritzt nach Hause gekommen sei – daß er es mir gestanden habe. Ich werde ihn an den Galgen bringen, Max – und wenn er baumelt, wird er plötzlich merken, daß Romaine ihn in den Tod geschickt hat. Und dann – Glück, Geliebter! Endlich Glück für uns!«

Fachleute standen bereit, um zu beschwören, daß der Brief in Romaine Heilgers Handschrift geschrieben wäre; sie wurden jedoch nicht benötigt. Angesichts dieses Briefes brach Romaine vollständig zusammen und gestand alles. Leonard Vole wäre zu der von ihm genannten Zeit heimgekehrt: um zwanzig nach neun. Und sie hätte die ganze Geschichte nur erfunden, um ihn zugrunde zu richten.

Mit dem Zusammenbruch Romaine Heilgers brach auch die Anklage zusammen. Sir Charles rief seine wenigen Zeugen auf; der Inhaftierte trat selbst in den Zeugenstand und erzählte seine Geschichte in männlich offener Weise, unerschüttert von jedem Kreuzverhör.

Die Anklage bemühte sich, die Entwicklung aufzuhalten, aber ohne großen Erfolg. Die Zusammenfassung des Gerichts sprach zwar nicht völlig zugunsten des Inhaftierten, aber die Reaktion hatte bereits eingesetzt, und das Gericht brauchte zu seiner Urteilsfindung kurze Zeit.

»Wir halten den Inhaftierten nicht für schuldig.«

Leonard Vole war frei!

Der kleine Mr. Mayherne sprang von seinem Platz auf. Er mußte seinem Mandanten gratulieren.

Plötzlich merkte er, daß er seinen Kneifer heftig putzte, und nahm sich zusammen. Erst am vergangenen Abend hatte seine Frau gesagt, es würde bei ihm schon langsam zu einer Manie. Merkwürdig, diese Angewohnheiten. Kein Mensch merkte, daß er sie hatte.

Ein interessanter Fall – ein sehr interessanter Fall. Vor allem die Frau, diese Romaine Heilger.

In seinen Augen war Romaine Heilger immer noch die beherrschende Figur. In dem Haus in Paddington war sie eine blasse ruhige Frau gewesen, aber vor Gericht war sie, trotz des nüchternen Hintergrunds, plötzlich aufgeflammt. Wie eine tropische Blume hatte sie sich entfaltet.

Wenn er die Augen schloß, konnte er sie jetzt noch genau sehen: groß und heftig, den schlanken Körper leicht vorgebeugt, und die ganze Zeit über hatte sich ihre rechte Hand unbewußt geschlossen und geöffnet – ununterbrochen.

Merkwürdig, diese Angewohnheiten. Diese Handbewegung war bei ihr wahrscheinlich auch eine Angewohnheit. Und dennoch hatte er doch erst kürzlich jemanden gesehen, der es auch tat. Wer war es denn nur. Erst vor kurzem . . .

Er atmete tief ein, als er sich plötzlich erinnerte: die Frau in Shaw's Rents ...
Er blieb stehen, und in seinem Kopf drehte sich alles. Das war unmöglich – unmöglich ... Aber war Romaine Heilger nicht Schauspielerin?
Der Strafverteidiger tauchte hinter ihm auf und schlug ihm auf die Schulter.
»Haben Sie unserem Mann schon gratuliert? Das ging noch mal um Haaresbreite gut! Kommen Sie, gehen wir.«
Aber der kleine Anwalt schüttelte die Hand des anderen ab.
Er wollte jetzt nur eines – Romaine Heilger von Angesicht zu Angesicht gegenübertreten.
Er sah sie erst einige Zeit später, und der Ort ihrer Begegnung ist dabei unwichtig.
»Das habe ich mir gedacht«, sagte sie, als er ihr erzählt hatte, was ihm alles durch den Kopf gegangen war. »Das Gesicht? Ach – das war doch ganz einfach, und das Licht, das der Gasofen ausstrahlte, war doch so schlecht, daß Sie mein Make-up nicht bemerkten.«
»Aber warum – warum ...«
»Warum ich meine Rolle allein gespielt habe?« Sie lächelte ein wenig, weil sie sich des Augenblicks erinnerte, als sie genau dasselbe schon einmal gesagt hatte.
»Eine derart vollendete Komödie!«
»Mein Freund – ich mußte ihn retten. Die Aussage einer Frau, die ihm zugetan ist, hätte nicht ausgereicht – das haben Sie selbst angedeutet. Aber ich weiß immerhin einiges über die Psychologie der Massen. Sobald mir meine Aussage abgerungen und so etwas wie ein Geständnis sein würde, machte ich mich zwar in den Augen des Rechts schuldig, aber zugleich würde eine Reaktion einsetzen, die zugunsten des Inhaftierten sprach.«
»Und das Bündel Briefe?«
»Nur ein einziger, der entscheidende, hätte vielleicht als – wie nennen Sie so etwas: abgekartete Sache gelten können.«
»Und der Mann namens Max?«
»Hat nie existiert, mein Freund.«
»Ich glaube immer noch«, sagte der kleine Mr. Mayherne in beleidigtem Ton, »daß wir ihn auch auf – eh – normalem Wege freibekommen hätten.«
»Dieses Risiko wollte ich nicht auf mich nehmen. Sehen Sie: Sie waren doch nur der Ansicht, er sei unschuldig ...«

»Sie dagegen wußten es? Ich verstehe«, sagte der kleine Mr. Mayherne.

»Mein lieber Mr. Mayherne«, sagte Romaine, »Sie verstehen überhaupt nichts. Ich wußte nur eines – daß er schuldig war!«

Der seltsame Fall des Sir Arthur Carmichael

Nach den Aufzeichnungen des hervorragenden Psychologen Dr. Edward Carstairs, M.D.

Ich bin mir vollkommen klar, daß man die seltsamen und tragischen Ereignisse, die ich hier niederschreibe, auf zwei völlig verschiedene Weisen betrachten kann. Meine eigene Ansicht darüber hat allerdings nie geschwankt. Man hat mich überredet, die Geschichte ausführlich aufzuzeichnen, und ich glaube wirklich, daß man der Wissenschaft zuliebe verpflichtet ist, derartige seltsame und unerklärliche Tatsachen nicht in der Vergessenheit versinken zu lassen.

Was mich zuerst mit dieser Angelegenheit in Kontakt brachte, war ein Telegramm meines Freundes Dr. Settle. Bis auf die Nennung des Namens Carmichael war das Telegramm keineswegs deutlich, aber seiner Aufforderung entsprechend nahm ich den Zug, der um 12.20 von Paddington nach Wolden in der Grafschaft Herfordshire abging.

Der Name Carmichael war mir nicht unbekannt. Obgleich ich den verstorbenen Sir William Carmichael of Wolden in den letzten elf Jahren nicht mehr gesehen hatte, waren wir doch flüchtig miteinander bekannt gewesen. Er hatte, wie ich wußte, einen Sohn, den gegenwärtigen Baronet, der inzwischen ein junger Mann von dreiundzwanzig Jahren sein mußte. Dunkel erinnerte ich mich ferner der Gerüchte über Sir Williams zweite Ehe; bis auf einen undeutlichen Eindruck, der für die zweite Lady Carmichael nachteilig war, fielen mir jedoch keine Einzelheiten ein.

Settle erwartete mich am Bahnhof.

»Nett von dir, daß du gekommen bist«, sagte er, als er meine Hand drückte.

»Das ist doch selbstverständlich. Soviel ich begriffen habe, scheint es sich um einen Fall zu handeln, der in mein Gebiet fällt?«

»Haargenau!«

»Also ein Fall von Geisteskrankheit?« meinte ich fragend. »Hat er irgendwelche besonderen Kennzeichen?«

Wir hatten inzwischen mein Gepäck abgeholt, saßen in einem Dogcart und fuhren vom Bahnhof in Richtung Wolden, das etwa drei Meilen entfernt war. Settle beantwortete meine Frage zuerst nicht. Dann brach es plötzlich aus ihm heraus.

»Die ganze Geschichte ist vollkommen unbegreiflich! Da ist ein junger Mann, dreiundzwanzig Jahre alt und in jeder Hinsicht durchaus normal. Ein netter, liebenswerter Junge mit nicht mehr als der ihm zustehenden Portion Blasiertheit, vielleicht kein brillanter Intellektueller, aber ein typisches Exemplar des jungen Engländers aus der normalen Oberschicht. Geht eines Abends, gesund und munter wie üblich, zu Bett, und am nächsten Morgen wird er im Dorf aufgegriffen, wo er in halb idiotischem Zustand umherwandert und nicht einmal seine nächsten und liebsten Mitmenschen erkennt.«

»Aha!« sagte ich interessiert. Dieser Fall versprach tatsächlich, äußerst interessant zu werden. »Vollständiger Verlust des Gedächtnisses? Und das passierte . . .?«

»Gestern vormittag. Am neunten August.«

»Und vorausgegangen ist nichts – kein Schock, soweit dir bekannt ist –, keine Erklärung für diesen Zustand?«

»Nichts.«

Plötzlich überkam mich Mißtrauen.

»Verschweigst du mir irgend etwas?«

»N-nein.«

Sein Zögern bestärkte mein Mißtrauen.

»Ich muß alles wissen.«

»Mit Arthur hat es nichts zu tun. Es hängt mit – mit dem Haus zusammen.«

»Mit dem Haus«, wiederholte ich erstaunt.

»Du hast dich doch häufig mit derartigen Dingen zu beschäftigen, nicht wahr, Carstairs? Du hast doch selbst sogenannte ›Spukhäuser‹ untersucht. Was hältst du von solchen Erscheinungen?«

»In neun von zehn Fällen sind sie reiner Schwindel«, erwiderte ich. »Der zehnte allerdings – nun ja, ich bin dabei auf Phänomene gestoßen, die vom gewöhnlichen materialistischen Standpunkt aus absolut unerklärbar sind. Ich bin überzeugt, daß es gewisse *occulta* gibt.«

Settle nickte. Wir waren gerade in den Park eingebogen. Mit der Peitsche deutete er auf ein flaches weißes Herrenhaus am Abhang des Hügels.

»Das ist das Haus«, sagte er. »Und – irgend etwas steckt in diesem Haus, irgend etwas Unheimliches, Entsetzliches. Wir alle

spüren es ... Und ich bin wirklich kein abergläubischer Mensch ...«
»In welcher Art äußert es sich?« fragte ich.
Er starrte vor sich hin. »Mir wäre es lieber, wenn du es vorher nicht weißt. Verstehst du: Wenn du – unvoreingenommen – hierher kommst – nichts Genaues weißt – und es dann auch siehst – vielleicht ...«
»Gut«, sagte ich, »sicher ist es besser so. Ich wäre allerdings froh, wenn du mir ein bißchen mehr über die Familie erzähltest.«
»Sir William«, sagte Settle, »war zweimal verheiratet. Arthur ist das Kind seiner ersten Frau. Vor neun Jahren heiratete er noch einmal, und die gegenwärtige Lady Carmichael ist so etwas wie ein Geheimnis. Sie ist Halbengländerin, und im übrigen nehme ich beinahe an, daß asiatisches Blut in ihren Adern fließt.«
Er verstummte.
»Settle«, sagte ich, »du magst Lady Carmichael nicht.«
Er gab es offen zu. »Das stimmt. Auf mich macht sie immer den Eindruck, als läge irgend etwas Unheilvolles über ihr. Um aber weiterzuberichten: Von seiner zweiten Frau hatte Sir William ebenfalls ein Kind, auch einen Jungen, der jetzt acht Jahre alt ist. Sir William starb vor drei Jahren, und Arthur erbte Titel und Besitz. Seine Stiefmutter und sein Halbbruder wohnen weiterhin bei ihm in Wolden. Der Besitz ist, was du auch wissen mußt, ziemlich heruntergewirtschaftet. Fast die gesamten Einnahmen Sir Arthurs gehen für die Erhaltung drauf. Mehr als ein paar hundert Pfund konnte Sir William seiner Frau nicht vermachen, aber glücklicherweise ist Arthur mit seiner Stiefmutter immer glänzend ausgekommen, und so war er äußerst froh, daß sie weiterhin bei ihm wohnt. Dann ...«
»Ja?«
»Vor zwei Monaten verlobte Arthur sich mit Miss Phyllis Patterson, einem bezaubernden Mädchen.« Mit gedämpfter Stimme, in der ein Anflug von Mitgefühl anklang, fügte er noch hinzu: »Nächsten Monat wollten sie heiraten. Sie ist jetzt hier. Ihren Kummer kannst du dir vorstellen ...«
Wortlos nickte ich.
Wir fuhren jetzt auf das Haus zu. Zu unserer Rechten fiel der grüne Rasen sanft ab. Und plötzlich erblickte ich ein äußerst reizvolles Bild. Ein junges Mädchen kam langsam über den Rasen zum Haus. Sie trug keinen Hut, und der Sonnenschein

steigerte den Glanz ihres wundervollen goldfarbenen Haares. In der Hand hatte sie einen großen Korb mit Rosen, und eine wunderschöne Perserkatze strich liebevoll um ihre Füße.
Fragend sah ich Settle an.
»Das ist Miss Patterson«, sagte er.
»Armes Mädchen«, sagte ich, »armes Mädchen. Welch ein Bild: sie mit den Rosen und der grauen Katze.«
Ich hörte einen leisen Laut und blickte meinen Freund erstaunt an. Die Zügel waren ihm aus den Fingern geglitten, und sein Gesicht war totenblaß.
»Was ist los?« rief ich.
Mühsam faßte er sich.
»Nichts«, sagte er, »nichts . . .«
Wenige Augenblicke später hielten wir vor dem Haus. Ich folgte ihm in das grüne Wohnzimmer, wo der Teetisch gedeckt war.
Eine immer noch schöne Frau mittleren Alters erhob sich bei unserem Eintritt und kam uns mit ausgestreckter Hand entgegen.
»Lady Carmichael, das ist mein Freund Dr. Carstairs.«
Ich kann die instinktive Welle der Abneigung nicht beschreiben, die mich überschwemmte, als ich die mir dargebotene Hand dieser bezaubernden und stattlichen Frau ergriff, die sich mit jener dunklen und sinnlichen Anmut bewegte, aus der Settle auf orientalisches Blut geschlossen hatte.
»Es ist reizend von Ihnen, Dr. Carstairs, daß Sie gekommen sind«, sagte sie mit leiser klangvoller Stimme, »und daß Sie versuchen wollen, uns in unserer großen Schwierigkeit zu helfen.«
Ich gab irgendeine triviale Antwort, und sie reichte mir meine Teetasse.
Wenige Minuten später betrat das Mädchen, das ich draußen auf dem Rasen gesehen hatte, ebenfalls das Zimmer. Die Katze war nicht mitgekommen, aber den Korb mit den Rosen hielt sie immer noch in der Hand.
Settle stellte mich vor, und das Mädchen sagte impulsiv: »Oh, Dr. Carstairs! Dr. Settle hat uns schon so viel von Ihnen erzählt. Und ich habe das sichere Gefühl, daß Sie etwas für den armen Arthur tun können.«
Miss Patterson war wirklich ein überaus reizendes Mädchen, obgleich ihre Wangen blaß und ihre Augen von tiefen Schatten umgeben waren.

»Meine liebe junge Dame«, sagte ich tröstend, »Sie dürfen jetzt nicht verzweifeln. Diese Fälle von Gedächtnissschwund oder Persönlichkeitsspaltung sind häufig von sehr kurzer Dauer. In jedem Augenblick kann der Patient die volle Gewalt über sich selbst zurückerlangen.«

Sie schüttelte den Kopf. »Ich kann mir nicht vorstellen, daß es sich um Persönlichkeitsspaltung handelt«, sagte sie. »Dieser Mensch ist etwas ganz anderes als Arthur. Diese Persönlichkeit hat mit ihm überhaupt nichts zu tun. Das ist nicht Arthur. Ich ...«

Und irgend etwas an dem Ausdruck jener Augen, die auf dem Mädchen ruhten, verriet mir, daß Lady Carmichael für ihre zukünftige Schwiegertochter nicht allzuviel übrig hatte.

Miss Patterson lehnte die Tasse Tee ab, und um die Unterhaltung auf ein unverfängliches Thema zu bringen, sagte ich: »Bekommt Ihr Kätzchen jetzt seine Schale Milch?«

Verwundert blickte sie mich an.

»Das – das Kätzchen?«

»Ja – das Kätzchen, das vor wenigen Augenblicken im Garten bei Ihnen war ...«

Ein schepperndes Klirren unterbrach mich. Lady Carmichael hatte die Teekanne umgestoßen, und das heiße Wasser ergoß sich auf den Fußboden. Ich behob den Schaden, und Miss Patterson sah Settle fragend an. Settle erhob sich.

»Vielleicht willst du dir den Patienten einmal anschauen, Carstairs?«

Ich folgte ihm sofort. Miss Patterson begleitete uns. Wir gingen die Treppe hoch, und Settle holte einen Schlüssel aus der Tasche.

»Manchmal geht er auf und davon«, erklärte er. »Deshalb schließe ich die Tür gewöhnlich ab, wenn ich das Haus verlasse.«

Er steckte den Schlüssel in das Schloß, und wir traten ein.

Ein junger Mann saß am Fenster, durch das die letzten Strahlen der untergehenden Sonne breit und gelblich hereinfielen. Er saß merkwürdig ruhig, beinahe zusammengekauert, und jeder Muskel seines Körpers schien entspannt zu sein. Zuerst glaubte ich, unsere Gegenwart wäre ihm gar nicht bewußt, bis ich plötzlich sah, daß er uns gespannt beobachtete, obgleich seine Augenlider sich überhaupt nicht bewegten. Seine Augen blickten zu Boden, als ich ihn ansah, und er blinzelte. Aber rühren tat er sich nicht.

»Steh auf, Arthur«, sagte Settle aufmunternd. »Miss Patterson und ein Freund von mir wollen dich besuchen.«

Aber der junge Mann am Fenster blinzelte nur. Dennoch merkte ich wenig später, daß er uns wieder beobachtete – heimlich und verstohlen.

»Möchtest du eine Tasse Tee?« fragte Settle immer noch laut und aufmunternd, als spräche er mit einem Kind.

Er stellte eine Tasse Milch auf den Tisch. Überrascht zog ich die Augenbrauen hoch, und Settle lächelte.

»Eine merkwürdige Sache«, sagte er, »aber er rührt nur noch Milch an.«

Im nächsten Augenblick rollte Sir Arthur sich, ohne sich ungebührlich zu beeilen, auseinander, Glied für Glied, und ging langsam zum Tisch hinüber. Ich merkte plötzlich, daß seine Bewegungen vollkommen lautlos waren und seine Füße beim Gehen kein noch so leises Geräusch verursachten. Und als er den Tisch erreicht hatte, streckte er sich gewaltig, indem er das eine Bein weit nach vorn stellte und das andere nach hinten reckte. Diese Stellung trieb er bis zur äußersten Grenze, und dann gähnte er. Noch nie hatte ich ein derartiges Gähnen erlebt! Es schien sein ganzes Gesicht zu verschlucken.

Dann wandte er seine Aufmerksamkeit der Milch zu und beugte den Kopf zum Tisch hinunter, bis seine Lippen die Flüssigkeit berührten.

Settle beantwortete meinen fragenden Blick.

»Die Hände benutzt er überhaupt nicht mehr. Ist anscheinend in ein primitives Stadium zurückverfallen. Merkwürdig, was?«

Ich spürte, wie Miss Patterson schaudernd bei mir Halt suchte, und beruhigend legte ich meine Hand auf ihren Arm.

Die Milch war schließlich ausgetrunken, und noch einmal reckte Arthur Carmichael sich, um dann mit den gleichen geräuschlosen Schritten zum Fenster zurückzukehren, wo er sich zusammengekauert wieder hinsetzte und uns anblinzelte.

Miss Patterson zog uns in den Korridor hinaus. Sie zitterte am ganzen Körper.

»Oh, Dr. Carstairs!« rief sie. »Das ist nicht Arthur – das da drinnen ist nicht Arthur! Ich würde es spüren – ich würde es wissen . . .«

Betrübt schüttelte ich den Kopf.

»Der Verstand kann manchmal seltsame Streiche spielen, Miss Patterson«, sagte ich.

Ich gestehe, daß der Fall mich irritierte. Er besaß einige ungewöhnliche Züge. Obgleich ich den jungen Carmichael bisher noch nie gesehen hatte, erinnerten mich seine merkwürdige Art des Gehens und die Art, wie er blinzelte, an irgend etwas, das ich nirgends richtig einordnen konnte.

Das Abendessen an jenem Abend war eine schweigsame Angelegenheit, und die Hauptlast der Unterhaltung lag auf Lady Carmichael und mir. Als die Damen sich zurückzogen, fragte mich Settle, was für einen Eindruck unsere Gastgeberin auf mich mache.

»Ich muß gestehen«, sagte ich, »daß ich ohne Grund und Veranlassung eine starke Abneigung gegen sie empfinde. Du hattest völlig recht damit, daß sie östliches Blut hat, und ich möchte fast sagen, daß sie deutliche okkulte Kräfte besitzt. Sie ist eine Frau von fast magnetischer Anziehungskraft.«

Settle schien etwas sagen zu wollen, beherrschte sich dann jedoch und bemerkte lediglich nach kurzer Pause: »Ihrem kleinen Sohn ist sie restlos ergeben.«

Nach dem Abendessen saßen wir wieder im grünen Wohnzimmer. Wir hatten gerade den Kaffee getrunken und unterhielten uns ziemlich förmlich über die Themen des Tages, als die Katze anfing, vor der Tür jämmerlich zu miauen. Niemand nahm davon Notiz, und da ich Tiere sehr gern habe, erhob ich mich kurz darauf.

»Darf ich das arme Tier hereinlassen?« fragte ich Lady Carmichael.

Ihr Gesicht wirkte sehr blaß, wie mir schien, aber mit dem Kopf machte sie eine leichte Bewegung, die ich für zustimmend hielt, so daß ich zur Tür ging und öffnete. Draußen im Korridor war jedoch nichts zu sehen.

»Seltsam«, sagte ich. »Ich hätte schwören können, eine Katze gehört zu haben.«

Als ich zu meinem Sessel zurückging, fiel mir auf, daß alle mich gespannt beobachteten. Irgendwie wurde mir dadurch etwas unbehaglich.

Wir gingen zeitig zu Bett. Settle begleitete mich in mein Zimmer.

»Hast du alles, was du brauchst?« fragte er und sah sich um.

»Ja – danke.«

Immer noch stand er mißmutig in meinem Zimmer herum, als wollte er etwas sagen, könnte es jedoch nicht herausbringen.

»Übrigens«, bemerkte ich, »hast du gesagt, daß an diesem Haus etwas Unheimliches wäre. Bis jetzt macht es jedoch einen äußerst normalen Eindruck.«

»Bezeichnest du es etwa als ein fröhliches Haus?«

»Unter den gegebenen Umständen wohl kaum. Offensichtlich ist es von einem großen Kummer überschattet. Aber hinsichtlich irgendwelcher anomalen Einflüsse würde ich ihm jederzeit ein Unbedenklichkeitsattest ausstellen.«

»Gute Nacht«, sagte Settle unvermittelt. »Und angenehme Träume.«

Träumen tat ich allerdings. Miss Pattersons graue Katze schien selbst auf meinen Verstand einen tiefen Eindruck gemacht zu haben. Zumindest hatte ich das Gefühl, die ganze Nacht nur von diesem elenden Tier geträumt zu haben.

Mit einem Ruck aus dem Schlaf hochfahrend, wurde mir plötzlich klar, was diese Katze zwangsweise in meine Gedanken einschaltete: Das Geschöpf saß vor meiner Tür und miaute beharrlich. Unmöglich zu schlafen, solange dieser Lärm andauerte. Ich zündete also meine Kerze an und ging zur Tür. Aber im Korridor vor meinem Zimmer war niemand, obgleich das Miauen weiterging. Ein neuer Gedanke kam mir. Das unglückliche Tier war vielleicht irgendwo eingeschlossen und konnte nicht wieder heraus. Links von meiner Tür war der Korridor zu Ende, und dort lag Lady Carmichaels Zimmer. Ich wandte mich daher nach rechts und hatte gerade erst ein paar Schritte gemacht, als der Lärm plötzlich hinter mir losging. Ich fuhr herum, und dann hörte ich es wieder – diesmal ganz deutlich rechts von mir.

Irgend etwas – wahrscheinlich die kalte Zugluft auf dem Korridor – ließ mich erschauern, und ich kehrte direkt in mein Zimmer zurück. Alles war jetzt still, und bald darauf war ich wieder eingeschlafen – um am Morgen eines strahlenden Sommertages aufzuwachen.

Während ich mich ankleidete, sah ich von meinem Fenster aus den Störenfried meiner Nachtruhe. Die graue Katze schlich langsam und heimlich über den Rasen. Ihr Angriffsziel war meiner Ansicht nach ein kleiner Vogelschwarm, der ganz in der Nähe damit beschäftigt war, laut zu schilpen und sich zu putzen.

Und dann passierte etwas sehr Merkwürdiges. Die Katze kam heran und ging mitten zwischen den Vögeln hindurch, wobei ihr Fell die Vögel beinahe berührte – und sie flogen nicht auf. Ich konnte es nicht begreifen; die Geschichte schien mir unfaßlich.

Sie beeindruckte mich so sehr, daß ich beim Frühstück nicht umhin konnte, sie zu erwähnen.
»Wissen Sie eigentlich«, sagte ich zu Lady Carmichael, »daß Sie eine sehr ungewöhnliche Katze besitzen?«
Ich hörte das Klirren einer Tasse auf einer Untertasse und bemerkte, daß Miss Patterson mich – den Mund leicht geöffnet und schnell atmend – erwartungsvoll anstarrte.
Es folgte eine minutenlange Stille, und dann sagte Lady Carmichael in einer deutlich mißbilligenden Weise: »Ich glaube, Sie haben sich geirrt. In diesem Hause gibt es keine Katze. Noch nie habe ich eine Katze besessen.«
Es war klar, daß es mir gelungen war, mitten in ein Fettnäpfchen zu treten, und so wechselte ich schnell das Thema.
Aber die Angelegenheit irritierte mich. Warum hatte Lady Carmichael erklärt, in ihrem Hause gäbe es keine Katze? Gehörte sie vielleicht Miss Patterson und wurde ihre Anwesenheit der Hausherrin gegenüber verheimlicht? Vielleicht hatte Lady Carmichael eine dieser seltsamen Antipathien gegen Katzen, die man heutzutage so oft antrifft.
Diese Erklärung war zwar nicht gerade plausibel, aber es blieb mir im Augenblick nichts anderes übrig, als mich mit ihr zufriedenzugeben.
Unser Patient befand sich noch im gleichen Zustand. Dieses Mal untersuchte ich ihn gründlich und konnte ihn genauer beobachten als am Abend zuvor. Auf meinen Vorschlag hin wurde das Notwendige veranlaßt, daß er möglichst oft mit der Familie zusammensein konnte. Ich hoffte nicht nur, so eine bessere Gelegenheit zu bekommen, ihn zu beobachten, da er weniger auf der Hut sein würde, sondern auch, daß der übliche Tagesablauf irgendeinen Funken von Intelligenz erwecken würde. Sein Verhalten blieb jedoch unverändert. Er war ruhig und fügsam, wirkte beinahe gedankenlos, war jedoch in Wirklichkeit von gespannter und fast unheimlicher Wachsamkeit. Zumindest eines bedeutete allerdings eine Überraschung für mich: seine innige Zuneigung zur Stiefmutter. Miss Patterson übersah er völlig; aber immer gelang es ihm, so dicht wie möglich neben Lady Carmichael zu sitzen, und einmal sah ich, wie er – ein einfältiger Ausdruck der Liebe – seinen Kopf an ihrer Schulter rieb.
Der Fall machte mir Sorgen. Immer wieder hatte ich jedoch das Gefühl, daß es irgendeinen Hinweis auf die ganze Angelegenheit geben müßte, der mir bisher entgangen war.

»Ein äußerst seltsamer Fall«, sagte ich zu Settle.
»Ja«, sagte er, »und sehr – sehr suggestiv.«
Er blickte mich an, meiner Ansicht nach ziemlich unsicher.
»Sag mal – erinnert Arthur dich vielleicht an irgend etwas?«
Seine Worte waren mir unangenehm, da sie mich an meinen Eindruck vom Vortage erinnerten.
»An was soll er mich erinnern?« fragte ich.
Er schüttelte den Kopf.
»Vielleicht ist es auch nur Einbildung«, murmelte er, »nichts als Einbildung.«
Und mehr wollte er zu der Angelegenheit nicht sagen.
Alles in allem steckte in dem Fall irgendein Geheimnis. Ich war immer noch ganz besessen von dem verwirrenden Gefühl, jenen Hinweis übersehen zu haben, der den Schlüssel zu allem bildete. Und in einem weniger wichtigen Punkt steckte ebenfalls ein Geheimnis. Ich meine die belanglose Sache mit der grauen Katze. Aus irgendeinem Grund ging die Geschichte mir auf die Nerven. Ich träumte von Katzen, und ständig bildete ich mir ein, ihr Miauen zu hören. Hin und wieder sah ich das bildschöne Tier flüchtig von weitem. Und die Tatsache, daß mit ihm irgendein Geheimnis verbunden war, ärgerte mich maßlos. Einem plötzlichen Impuls folgend, wandte ich mich eines Nachmittags an den Diener, um von ihm etwas zu erfahren.
»Können Sie«, sagte ich, »mir vielleicht etwas über die Katze verraten, die ich hier gesehen habe?«
»Über die Katze, Sir?« Er machte einen höflich erstaunten Eindruck.
»Gab es hier – gibt es hier – keine Katze?«
»Ihre Ladyship besaßen einmal eine Katze, Sir. Ein sehr hübsches Tier. Sie mußte jedoch beseitigt werden. Ein Jammer, denn das Tier war wirklich bildschön.«
»War es eine graue Katze?« fragte ich langsam.
»Ja, Sir. Eine Perserkatze.«
»Und sie wurde getötet?«
»Ja, Sir.«
»Sind Sie ganz sicher, daß sie getötet wurde?«
»Vollkommen sicher, Sir. Ihre Ladyship wollten den Tierarzt nicht kommen lassen – sondern taten es selbst. Vor knapp einer Woche. Das Tier wurde dann unter der Rotbuche begraben, Sir.«
Nach diesen Worten verließ er das Zimmer und überließ mich meinen Gedanken.

Warum hatte Lady Carmichael so entschieden behauptet, sie hätte nie eine Katze besessen?
Intuitiv hatte ich das Gefühl, diese an sich belanglose Angelegenheit mit der Katze sei in gewisser Weise bedeutungsvoll. Ich fand Settle und nahm ihn beiseite.
»Settle«, sagte ich, »ich möchte dich etwas fragen. Hast du in diesem Haus bisher eine Katze sowohl gesehen als gehört – oder nicht?«
Meine Frage schien ihn keineswegs zu überraschen; er schien sie direkt erwartet zu haben.
»Gehört habe ich sie«, sagte er, »aber gesehen noch nicht.«
»Aber damals bei meiner Ankunft!« rief ich. »Auf dem Rasen, zusammen mit Miss Patterson!«
Er sah mich fest an.
»Ich sah Miss Patterson über den Rasen gehen. Sonst nichts.«
Ich begann zu begreifen. »Dann«, sagte ich, »ist die Katze ...«
Er nickte.
»Ich wollte feststellen, ob du – unvoreingenommen – hören würdest, was wir alle hören ...«
»Ihr anderen hört es also auch?«
Wieder nickte er.
»Es ist seltsam«, murmelte ich nachdenklich. »Bisher habe ich keinen Fall gekannt, in dem eine Katze in einem Haus spukt.«
Ich erzählte ihm, was ich von dem Diener erfahren hatte, und er sagte überrascht: »Das ist mir völlig neu! Das habe ich bisher nicht gewußt.«
»Aber was hat es zu bedeuten?« fragte ich einigermaßen hilflos.
Er schüttelte den Kopf. »Das weiß der Himmel! Aber eines will ich dir sagen, Carstairs – ich habe Angst. Die – die Stimme hat einen drohenden Klang.«
»Drohend?« wiederholte ich scharf. »Für wen?«
Er breitete ratlos die Hände aus. »Das kann ich nicht sagen.«
Erst abends, nach dem Essen, erkannte ich die Bedeutung seiner Worte. Wir saßen im grünen Wohnzimmer, wie schon am Abend meiner Ankunft, als es erklang – das laute beharrliche Miauen einer Katze vor der Tür. Aber diesmal klang es unmißverständlich verärgert – ein wütendes Katzenheulen, langgezogen und drohend. Und dann, als es verstummte, klapperte draußen der messingne Ring, als spielte eine Katze mit ihm.
Settle fuhr zusammen.
»Ich schwöre, daß es keine Einbildung ist«, rief er.

Er rannte zur Tür und riß sie auf.
Draußen war nichts zu sehen.
Als er zurückkam, wischte er sich die Stirn ab. Phyllis war blaß und zitterte, Lady Carmichael hingegen war totenblaß. Nur Arthur, der – zufrieden wie ein Kind – auf dem Fußboden hockte und seinen Kopf gegen die Knie seiner Stiefmutter gelehnt hatte, war ruhig und unbeeindruckt.
Miss Patterson legte ihre Hand auf meinen Arm, und wir gingen nach oben.
»Oh, Dr. Carstairs«, sagte sie verzweifelt. »Was soll das? Was hat es zu bedeuten?«
»Das wissen wir auch noch nicht, meine liebe junge Dame«, sagte ich. »Aber ich bin fest entschlossen, es herauszufinden. Sie dürfen jedoch keine Angst haben. Ich bin überzeugt, daß Sie persönlich vollkommen ungefährdet sind.«
Zweifelnd blickte sie mich an. »Das glauben Sie?«
»Ich bin davon überzeugt«, erwiderte ich fest. Ich erinnerte mich der liebevollen Art, wie die Katze um ihre Füße gestrichen war, und hegte nicht die geringsten Befürchtungen. Die Drohung galt nicht ihr.
Eine Zeitlang döste ich vor mich hin, aber schließlich fiel ich in einen unruhigen Schlaf, aus dem ich mit einem Gefühl des Entsetzens aufschrak. Ich hörte ein kratzendes, lärmendes Geräusch, als würde Stoff gewaltsam zerrissen oder zerfetzt. Ich sprang aus dem Bett und rannte auf den Korridor; im gleichen Augenblick stürzte Settle aus seinem gegenüberliegenden Zimmer. Das Geräusch kam von links.
»Hast du es auch gehört, Carstairs?« rief er. »Hast du es auch gehört?«
Mit wenigen Schritten waren wir an Lady Carmichaels Tür. Nichts war uns entgegengekommen; das Geräusch war jedoch verstummt. Unsere Kerzen spiegelten sich in der glänzenden Tür von Lady Carmichaels Zimmer. Wir sahen uns an.
»Weißt du, was das war?« flüsterte er beinahe.
Ich nickte. »Eine Katze hat mit ihren Krallen irgend etwas zerfetzt.«
Ein Schauder überlief mich. Plötzlich schrie ich leise auf und hielt die Kerze, die ich in der Hand hatte, tiefer.
»Sieh dir das an, Settle!«
›Das‹ war ein Sessel, der an der Wand stand – und sein Sitz war in lange Streifen gerissen und zerfetzt . . .

Wir betrachteten ihn aufmerksam. Settle sah mich an, und ich nickte.
»Katzenkrallen«, sagte er und holte tief Luft. »Unmißverständlich.« Sein Blick wanderte vom Sessel zur verschlossenen Tür. »Die Drohung gilt ihr – Lady Carmichael!«
In dieser Nacht konnte ich nicht mehr schlafen. Die Dinge hatten sich bis zu einem Punkt entwickelt, an dem irgend etwas geschehen mußte. Soweit ich die Angelegenheit übersah, gab es nur einen einzigen Menschen, der den Schlüssel zu allem in der Hand hielt. Ich hatte den Verdacht, daß Lady Carmichael mehr wußte, als sie sagen wollte.
Sie war totenblaß, als sie am nächsten Morgen herunterkam, und stocherte lustlos auf ihrem Teller herum. Ich war überzeugt, daß nur eiserne Entschlossenheit sie vor einem Zusammenbruch bewahrte. Nach dem Frühstück bat ich sie um eine kurze Unterredung. Ich kam sofort zum Thema.
»Lady Carmichael«, sagte ich, »ich habe allen Grund zur Annahme, daß Sie sich in einer sehr ernsten Gefahr befinden.«
»Wirklich?« Herausfordernd und wunderbar unbeteiligt stellte sie diese Frage.
»In diesem Haus«, fuhr ich fort, »befindet sich irgend etwas – ist irgend etwas vorhanden –, das Ihnen sichtlich feindlich gesinnt ist.«
»So ein Unsinn«, murmelte sie erbost. »Als glaubte ich an derartiges Zeug!«
»Der Sessel vor Ihrer Tür«, bemerkte ich trocken, »wurde in der letzten Nacht zerfetzt.«
»Wirklich?« Mit hochgezogenen Augenbrauen spielte sie die Überraschte, aber ich sah, daß das, was ich erzählt hatte, ihr nicht neu war. »Wahrscheinlich irgendein dummer Spaß.«
»Das glaube ich nicht«, erwiderte ich voller Mitgefühl. »Und ich möchte, daß Sie mir jetzt – um Ihretwillen ...« Ich verstummte.
»Was soll ich?« fragte sie.
»Mir alles erzählen, was in dieser Angelegenheit von Bedeutung sein könnte«, sagte ich ernst.
Sie lachte.
»Ich weiß nichts«, sagte sie, »absolut nichts!«
Und kein Hinweis auf die drohende Gefahr konnte sie veranlassen, ihre starre Haltung aufzugeben. Dennoch war ich überzeugt, daß sie in Wirklichkeit sehr viel mehr wußte als wir

anderen, daß sie irgendeinen Hinweis besaß, von dem wir nicht das geringste ahnten. Ich sah jedoch auch, daß es unmöglich war, sie zum Sprechen zu veranlassen.

Ich beschloß indes, jede nur mögliche Vorsichtsmaßnahme zu ergreifen, da ich überzeugt war, daß sie von einer sehr realen und nahe bevorstehenden Gefahr bedroht war. Bevor sie am folgenden Abend auf ihr Zimmer ging, wurde der ganze Raum von Settle und mir gründlich durchsucht. Außerdem hatten wir abgemacht, daß er und ich abwechselnd im Korridor Wache halten würden.

Ich übernahm die erste Wache, die ohne Zwischenfall vorüberging, und um drei Uhr löste Settle mich ab. Nach der schlaflosen Nacht war ich müde und schlief sofort ein. Und dabei hatte ich einen höchst seltsamen Traum.

Ich träumte, die graue Katze säße am Fußende meines Bettes und ihre Augen wären merkwürdig flehend auf mich gerichtet. Mit der Sicherheit des Träumenden wußte ich auf einmal, daß das Tier mich aufforderte, ihm zu folgen. Das tat ich, und es führte mich die große Treppe hinunter und dann nach rechts, in den gegenüberliegenden Flügel des Hauses und in einen Raum, der offenbar die Bibliothek war. Dort blieb das Tier an der einen Wand stehen und hob dann seine Vorderpfoten hoch und stützte sie auf eines der unteren Bücherregale; dabei blickte es mich wieder mit diesem rührenden bittenden Ausdruck an.

Auf einmal verschwanden Katze und Bibliothek; ich erwachte und stellte fest, daß es bereits Morgen war.

Auch Settles Wache war ohne Zwischenfall verlaufen; dafür interessierte er sich brennend für meinen Traum. Auf mein Verlangen hin führte er mich in die Bibliothek, die in jeder Einzelheit mit meinem Traumbild übereinstimmte. Ich konnte sogar genau auf die Stelle deuten, von der aus das Tier mir den letzten traurigen Blick zugeworfen hatte.

Schweigend und verwirrt standen wir beide da. Plötzlich kam mir eine Idee, und ich bückte mich, um die Titel jener Bücher zu lesen, die an dieser einen Stelle standen. Dabei fiel mir auf, daß sich in der Reihe eine Lücke befand.

»Irgendein Buch ist hier herausgenommen worden«, sagte ich zu Settle.

Er beugte sich ebenfalls zu dem Regal hinunter.

»Nanu«, sagte er. »Hier hinten steckt ein Nagel, an dem ein Stück vom Umschlag des fehlenden Buches hängt.«

Sorgfältig löste er den kleinen Papierfetzen ab; das Stück war zwar nicht größer als knappe drei Zentimeter im Quadrat – aber zwei bedeutungsvolle Wörter standen darauf: »Die Katze . . .«
Wir sahen uns an.
»Jetzt läuft es mir doch kalt über den Rücken«, sagte Settle. »Das ist verdammt unheimlich.«
»Ich würde alles darum geben«, sagte ich, »wenn ich wüßte, welches Buch hier fehlt. Glaubst du, es besteht eine Möglichkeit, es irgendwie herauszubekommen?«
»Vielleicht existiert irgendwo ein Katalog. Vielleicht weiß Lady Carmichael . . .«
Ich schüttelte den Kopf.
»Von Lady Carmichael werden wir nicht das geringste erfahren.«
»Glaubst du?«
»Davon bin ich überzeugt. Während wir im dunkeln tappen und uns herumtasten, weiß Lady Carmichael genau Bescheid. Und aus Gründen, die nur sie allein kennt, sagt sie nicht ein einziges Wort. Lieber geht sie das entsetzliche Risiko ein, als ihr Schweigen aufzugeben.«
Der Tag verstrich so ereignislos, daß es mich an die Stille vor dem Sturm erinnerte. Und ich hatte das seltsame Gefühl, die Lösung des Problems stehe dicht bevor. Noch tastete ich völlig im dunkeln, aber bald würde ich alles erkennen. Die Tatsachen lagen vor aller Augen, klar und deutlich; es bedurfte nur eines kleinen erhellenden Hinweises, der sie zusammenschweißen und ihre Bedeutung zeigen würde.
Und genau das geschah. In der seltsamsten Weise.
Es geschah, als wir – wie gewöhnlich – nach dem Abendessen im grünen Wohnzimmer zusammensaßen. Wir waren sehr schweigsam gewesen – so still, daß eine kleine Maus quer durch das Zimmer rannte. Und im gleichen Augenblick passierte es.
Mit einem einzigen Satz sprang Arthur Carmichael von seinem Sessel. Sein zitternder Körper war pfeilschnell hinter der Maus her. Die Maus war hinter der Wandtäfelung verschwunden; er hockte jedoch geduckt davor, vor Eifer am ganzen Körper bebend, und wartete.
Es war entsetzlich! Noch nie hatte ich dieses lähmende Gefühl verspürt. Jetzt brauchte ich nicht mehr zu grübeln, an was Arthur Carmichael mich mit seinem lautlosen Gang und den wachsamen Augen erinnerte. Wie ein Blitz kam mir plötzlich die Erklärung – wild, unglaubhaft und unfaßlich. Ich wies sie als

unmöglich zurück, als undenkbar. Aber ich konnte sie nicht aus meinen Überlegungen vertreiben.
Ich kann mich kaum erinnern, was dann noch geschah. Die ganze Situation wirkte verschwommen und unwirklich. Ich weiß nur, daß wir irgendwie nach oben gingen und uns gegenseitig kurz eine gute Nacht wünschten – beinahe so, als fürchteten wir den Blick des anderen, um in ihm nicht die Bestätigung unserer eigenen Befürchtungen zu entdecken.
Settle machte es sich vor Lady Carmichaels Tür bequem, um die erste Wache zu übernehmen, während ich ihn um drei Uhr ablösen sollte. Besondere Befürchtungen für Lady Carmichael hegte ich eigentlich nicht; ich war zu sehr mit meiner phantastischen, unmöglichen Theorie beschäftigt. Ich sagte mir zwar, daß es unmöglich sei – aber fasziniert kehrten meine Gedanken immer wieder zu diesem Punkt zurück.
Und dann zerplatzte plötzlich die Stille der Nacht. Settles Stimme steigerte sich zu einem Schreien; er rief nach mir. Ich stürzte in den Korridor hinaus.
Er hämmerte und trommelte mit aller Kraft an Lady Carmichaels Tür. »Zum Teufel mit dieser Frau!« schrie er. »Sie hat tatsächlich abgeschlossen!«
»Aber . . .«
»Sie ist drinnen, Menschenskind! Bei ihr drinnen! Hörst du sie denn nicht?«
Durch die verschlossene Tür drang das langgezogene wütende Jaulen einer Katze. Es folgte ein entsetzlicher Schrei – und noch einer . . . Ich erkannte Lady Carmichaels Stimme.
»Die Tür!« schrie ich. »Wir müssen sie aufbrechen – sonst ist es zu spät!«
Wir warfen uns mit der Schulter gegen die Tür und versuchten mit aller Kraft, sie einzudrücken. Krachend gab sie nach – und wir fielen beinahe in das Zimmer.
Blutüberströmt lag Lady Carmichael auf ihrem Bett. Selten habe ich einen fürchterlicheren Anblick erlebt. Ihr Herz schlug noch, aber ihre Verletzungen waren entsetzlich, denn an ihrer Kehle war die Haut zerrissen und zerfetzt . . . Am ganzen Körper zitternd flüsterte ich: »Die Krallen . . .« Ein Schauder abergläubischen Entsetzens überlief mich.
Sorgfältig säuberte und verband ich die Verletzungen, und dann schlug ich Settle vor, die Art der Verletzungen lieber für uns zu behalten – insbesondere gegenüber Miss Patterson.

Schließlich bestellte ich telegraphisch eine Krankenschwester; das Telegramm sollte aufgegeben werden, sobald das Postamt öffnete.

Langsam drang die Morgendämmerung durch das Fenster. Ich blickte auf den Rasen hinunter.

»Zieh dich an und komm mit«, sagte ich unvermittelt zu Settle. »Lady Carmichael ist im Moment gut aufgehoben.«

Wenig später war er bereit, und gemeinsam gingen wir in den Garten hinaus.

»Was hast du vor?«

»Ich will den Kadaver der Katze ausgraben«, sagte ich kurz. »Ich muß es genau wissen . . .«

In einem Geräteschuppen fand ich einen Spaten, und dann machten wir uns unter der großen Blutbuche an die Arbeit. Nach einiger Zeit wurde unsere Mühe belohnt. Erfreulich war es nicht; das Tier war immerhin seit einer Woche tot. Aber ich sah, was ich sehen wollte.

»Das ist die Katze«, sagte ich. »Dieselbe Katze, die ich hier am Tage meiner Ankunft sah.«

Settle schnupperte. Ein Geruch nach bitteren Mandeln war immer noch wahrnehmbar.

»Blausäure«, sagte er.

Ich nickte.

»Was glaubst du?« fragte er neugierig.

»Dasselbe wie du!«

Meine Vermutung war für ihn nicht neu – in seinen Gedanken war sie, wie ich merkte, auch schon aufgetaucht.

»Das ist unmöglich«, murmelte er. »Einfach unmöglich! Es spricht gegen jegliche Wissenschaft – gegen die Natur . . .« Seine Stimme wurde immer unsicherer und verstummte. »Diese Maus gestern abend«, sagte er. »Aber – mein Gott, das kann doch nicht wahr sein!«

»Lady Carmichael«, sagte ich, »ist eine sehr seltsame Frau. Sie besitzt okkulte Kräfte – hypnotische Kräfte. Ihre Vorfahren stammen tatsächlich aus dem Osten. Wissen wir, welchen Gebrauch sie gegenüber einem schwachen, liebenswerten Wesen wie Arthur Carmichael davon macht? Und vergiß eines nicht, Settle: Wenn Arthur Carmichael hoffnungslos geistesgestört und ihr ergeben bleibt, gehört der ganze Besitz praktisch ihr und ihrem Sohn – du hast selbst gesagt, sie vergöttere ihn. Und außerdem wollte Arthur heiraten!«

»Aber was machen wir jetzt, Carstairs?«

»Im Augenblick nichts«, sagte ich. »Wir können nur versuchen, Lady Carmichael vor der Rache zu schützen.«

Lady Carmichael erholte sich langsam. Ihre Verletzungen heilten von allein so gut, wie man es nur erwarten konnte – wenngleich sie die Narben von diesem Angriff wahrscheinlich bis an ihr Lebensende nicht verlieren würde.

Ich kam mir so hilflos vor wie noch nie. Die Macht, die uns besiegt hatte, war immer noch ungebrochen, unbesiegt, und obgleich sie sich im Augenblick ruhig verhielt, war doch anzunehmen, daß sie nur ihre Zeit abwartete. In einem Punkt war ich fest entschlossen. Sobald Lady Carmichael sich so weit erholt hatte, daß sie transportfähig war, mußte sie aus Wolden entfernt werden. Immerhin bestand die Möglichkeit, daß diese entsetzliche Erscheinung nicht in der Lage war, ihr dann zu folgen. Und so vergingen die Tage.

Den 18. September hatte ich als den Tag festgesetzt, an dem Lady Carmichael weggebracht werden sollte. Am Morgen des 14. September kam es jedoch überraschend zur Krise.

Ich war gerade in der Bibliothek und besprach mit Settle die Einzelheiten von Lady Carmichaels Abfahrt, als ein aufgeregtes Dienstmädchen in den Raum stürzte.

»O Sir!« rief sie. »Schnell! Mr. Arthur – er ist in den Teich gefallen! Er stieg in das Boot, und das Boot trieb mit ihm ab, und dabei hat er das Gleichgewicht verloren und ist ins Wasser gefallen! Ich habe es vom Fenster aus gesehen.«

Ich zögerte keinen Augenblick, sondern rannte sofort aus dem Zimmer, gefolgt von Settle. Phyllis stand draußen und hatte den Bericht des Mädchens selbst gehört. Sie lief mit uns hinaus.

»Aber Sie brauchen keine Angst zu haben«, rief sie. »Arthur ist ein ausgezeichneter Schwimmer.«

Ich befürchtete jedoch das Schlimmste und beschleunigte mein Tempo. Die Wasseroberfläche des Teiches war spiegelglatt. Das leere Boot trieb langsam dahin – aber von Arthur war nichts zu sehen.

Settle riß sich das Jackett herunter und zog seine Schuhe aus.

»Ich gehe in den Teich«, sagte er. »Nimm du den Bootshaken und suche vom zweiten Boot aus. Das Wasser ist nicht tief.«

Die Zeit schien stillzustehen, während wir suchten. Minute folgte auf Minute. Und dann, als wir gerade verzweifelten, fanden wir ihn und brachten den anscheinend leblosen Arthur Carmichael ans Ufer.

Bis an mein Lebensende werde ich den hoffnungslosen, gequälten Ausdruck auf Phyllis' Gesicht nicht vergessen.
»Nicht – nicht ...« Ihre Lippen weigerten sich, das entsetzliche Wort zu bilden.
»Nein, nein, meine Liebe«, rief ich. »Wir bringen ihn schon wieder zu sich – keine Angst.«
Innerlich hatte ich jedoch kaum noch Hoffnung. Eine halbe Stunde war er unter Wasser gewesen. Ich schickte Settle ins Haus, um vorgewärmte Decken und andere notwendige Dinge zu besorgen, und begann dann mit Wiederbelebungsversuchen.
Angestrengt arbeiteten wir länger als eine Stunde, aber nichts deutete darauf hin, daß noch Leben in Arthur Carmichael war. Mit einer Kopfbewegung bedeutete ich Settle, mich wieder abzulösen, und näherte mich Phyllis.
»Ich fürchte«, sagte ich behutsam, »daß es keinen Sinn hat. Wir können Arthur nicht mehr helfen.«
Sie blieb einen Augenblick stumm, ohne sich zu rühren; und dann warf sie sich plötzlich über den leblosen Körper.
»Arthur!« rief sie verzweifelt. »Arthur! Komm zu mir zurück! Arthur – komm zurück – komm zurück!«
Ihre Stimme verhallte langsam. Plötzlich berührte ich Settles Arm. »Da!« sagte ich.
Das Gesicht des Ertrunkenen bekam auf einmal eine Spur von Farbe. Ich fühlte seinen Puls.
»Weiter mit der künstlichen Atmung!« rief ich. »Er kommt wieder zu sich!«
Die Augenblicke schienen jetzt vorüberzufliegen. Nach wunderbar kurzer Zeit öffneten sich seine Augen.
Und dann entdeckte ich plötzlich auch einen Unterschied: *Das hier waren intelligente Augen, menschliche Augen ...*
Ihr Blick ruhte auf Phyllis.
»Tag, Phyllis«, sagte er mit schwacher Stimme. »Bist du da? Ich dachte, du kämst erst morgen?«
Irgend etwas zu sagen, traute sie sich noch nicht zu; statt dessen lächelte sie ihn nur an. Zunehmend verwirrt sah er sich um.
»Ja – aber wo bin ich denn? Und – richtig miserabel fühle ich mich. Was ist denn mit mir los? Tag, Dr. Settle!«
»Sie wären beinahe ertrunken – das ist los«, erwiderte Settle grimmig.
Sir Arthur schnitt eine Grimasse. »Ich habe früher schon gehört, daß einem hinterher ganz übel ist, wenn man zurückkommt!

Aber wie ist es denn passiert? Bin ich etwa im Schlaf gewandelt?«
Settle schüttelte den Kopf.
»Wir müssen ihn ins Haus bringen«, sagte ich und trat einen Schritt näher.
Er starrte mich an, und Phyllis stellte mich vor: »Dr. Carstairs, der augenblicklich hier ist.«
Wir nahmen ihn zwischen uns und machten uns auf den Weg zum Haus. Plötzlich blickte er auf, als wäre ihm irgend etwas eingefallen.
»Sagen Sie, Doktor – bis zum zwölften bin ich doch wieder in Ordnung, nicht wahr?«
»Bis zum zwölften?« sagte ich langsam. »Meinen Sie vielleicht den 12. August?«
»Ja – nächsten Freitag.«
»Heute ist der 14. September«, sagte Settle unvermittelt.
Seine Verwirrung war nicht zu übersehen.
»Aber – aber ich dachte, heute wäre der 8. August? Dann muß ich also krank gewesen sein?«
Phyllis unterbrach ihn sofort mit ihrer behutsamen Stimme.
»Ja«, sagte sie, »du bist sehr krank gewesen.«
Er zog die Stirne kraus. »Das verstehe ich nicht. Als ich gestern abend zu Bett ging, war ich noch kerngesund – das heißt natürlich, wenn es tatsächlich gestern abend war. Und jetzt fällt mir auch ein, daß ich geträumt habe, geträumt ...« Seine Stirnfalten wurden noch tiefer, während er sich bemühte, sich zu erinnern. »Irgend etwas – was war es denn nur? Irgend etwas Schreckliches – irgend jemand hatte es mir angetan – und ich war wütend – verzweifelt ... Und dann träumte ich, ich wäre eine Katze – ja, eine Katze! Komisch, nicht? Aber der Traum selbst war gar nicht komisch. Er war – fürchterlich war er! Aber ich kann mich nicht mehr genau erinnern. Wenn ich nachdenke, verfliegt alles.«
Ich legte ihm die Hand auf die Schulter. »Versuchen Sie jetzt nicht erst nachzudenken, Sir Arthur«, sagte ich ernst. »Seien Sie zufrieden – daß Sie es vergessen.«
Irritiert sah er mich an und nickte. Ich hörte, wie Phyllis erleichtert aufatmete. Mittlerweile hatten wir das Haus erreicht.
»Übrigens«, sagte Arthur plötzlich, »wo ist eigentlich die Mater?«
»Sie ist – sie ist krank gewesen«, sagte Phyllis nach kurzem Überlegen.

»Ach! Die arme Mater!« Seine Stimme verriet ehrliche Besorgnis. »Wo ist sie denn? In ihrem Zimmer?«

»Ja«, sagte ich, »aber vielleicht ist es besser, wenn Sie sie jetzt nicht stören ...«

Das Wort erstarb mir auf den Lippen. Die Tür des Wohnzimmers öffnete sich, und in ihren Morgenmantel gehüllt, trat Lady Carmichael in die Diele.

Ihre Augen waren starr auf Arthur gerichtet, und wenn ich jemals den Ausdruck vollkommenen, von Schuld beladenen Entsetzens gesehen habe, dann in diesem Augenblick. Vor wahnwitzigem Entsetzen war ihr Gesicht kaum mehr menschlich. Mit der einen Hand griff sie sich an die Kehle.

In kindlicher Zuneigung machte Arthur einen Schritt auf sie zu.

»Guten Tag, Mater! Dich hat es also auch erwischt, was? Das tut mir aber wirklich leid.«

Sie schrak vor ihm zurück; ihre Augen waren weit aufgerissen. Und plötzlich, mit dem Aufschrei einer verfluchten Seele, stürzte sie rücklings durch die offenstehende Tür.

Ich war sofort bei ihr, beugte mich über sie und nickte Settle zu.

»Los«, sagte ich. »Bring ihn vorsichtig nach oben, und komm dann wieder herunter. Lady Carmichael ist tot.«

Nach wenigen Minuten war er wieder da.

»Was ist los?« fragte er. »Wodurch?«

»Durch einen Schock«, sagte ich verbissen. »Durch den Schock, Arthur Carmichael, den wirklichen Carmichael, dem Leben wiedergegeben vor sich zu sehen! Oder, wie ich lieber sagen würde: durch ein Gottesurteil!«

»Du meinst ...« Er zögerte.

Ich blickte ihm in die Augen, so daß er verstand.

»Leben um Leben«, sagte ich betont.

»Aber ...«

»O nein! Ich weiß, daß ein seltsamer und unvorhergesehener Zufall es der Seele Arthur Carmichaels ermöglichte, in seinen Körper zurückzukehren. Aber trotzdem ist Arthur Carmichael vorher ermordet worden.«

Fast ängstlich blickte er mich an. »Mit Blausäure?« fragte er leise.

»Ja«, erwiderte ich. »Mit Blausäure.«

Über das, was wir glaubten, haben Settle und ich nie gesprochen. Aller Wahrscheinlichkeit nach ist es auch unglaubhaft. Entsprechend den orthodoxen Ansichten litt Arthur Carmichael lediglich an Gedächtnisschwund, zerfleischte Lady Carmichael sich den Hals in einem vorübergehenden Anfall von Wahnsinn, und das Auftreten der grauen Katze beruhte auf bloßer Einbildung.

Es existieren jedoch zwei Tatsachen, die meiner Ansicht nach unmißverständlich sind. Da ist einmal der zerfetzte Sessel im Korridor. Der zweite Punkt ist noch bedeutsamer. Tatsächlich wurde der Bibliothekskatalog gefunden, und nach gründlicher Suche zeigte sich, daß es sich bei dem fehlenden Buch um ein altes und seltsames Werk über die Möglichkeiten handelte, menschliche Geschöpfe in Tiere zu verwandeln!

Und schließlich noch etwas. Dankbar kann ich heute sagen, daß Arthur nichts weiß. Phyllis hat das Geheimnis dieser Wochen in ihr Herz eingeschlossen, und ich bin überzeugt, daß sie es ihrem Mann nie verraten wird, den sie so aufrichtig liebt und der beim Erklingen ihrer Stimme über die Grenze des Grabes wieder zurückkehrte.

Barbara Vine im Diogenes Verlag

Das Haus der Stufen

Roman. Aus dem Englischen von Renate Orth-Guttmann. Leinen

Eine der großen Lügnerinnen der Welt nennt Elisabeth die junge Bell. Und trotzdem, oder vielleicht deswegen: noch nie zuvor war Elisabeth von einer Frau dermaßen fasziniert. Selbst als Bells kriminelle Vergangenheit offenkundig wird, kann sich Elisabeth nicht aus ihrer Liebe zu Bell lösen. Immer wieder findet sie Erklärungen und Entschuldigungen für das unglaubliche Verhalten dieser mysteriösen Frau.
Im ›Haus der Stufen‹ beginnt Eisabeths mütterliche Freundin Cosette ein neues, unangepaßteres Leben. Auch Bell kommt in das Haus, und schon tauchen seltsame Fragen auf: Was geschah mit Elisabeths Mutter? Warum war Bell im Gefängnis, und was ist ihr so sorgsam gehütetes Geheimnis? Und haben die ungewöhnliche Ähnlichkeit zwischen Bell und dem Bronzino-Portrait einen Zusammenhang mit der sterbenden Heldin in Henry James' ›Die Flügel der Taube‹?

»Barbara Vine alias Ruth Rendell ist in der englischsprachigen Welt längst zum Synonym für anspruchsvollste Kriminalliteratur geworden.« *ORF, Wien*

Es scheint die Sonne noch so schön

Roman. Aus dem Englischen von Renate Orth-Guttmann. detebe 22417

Ein langer, heißer Sommer im Jahr 1976. Eine Gruppe junger Leute sammelt sich um Adam, der ein altes Haus geerbt hat. Sorglos leben sie in den Tag hinein, lieben, stehlen, existieren. Zehn Jahre später werden auf dem bizarren Tierfriedhof zwei Skelette gefunden – das einer jungen Frau und das eines Säuglings…

»Der Leser glaubt auf jeder zweiten Seite, den Schlüssel zur Lösung des scheinbar kriminellen Mysteriums in Händen zu halten, doch – der Schlüssel paßt nicht, sperrt nicht, klemmt… Keine Frage, dieser Roman ist ein geglückter Thriller, ein famos geglückter, wofür diese Autorin auch bürgt.« *Wiener Zeitung*

Die im Dunkeln sieht man doch

Roman. Aus dem Englischen von
Renate Orth-Guttmann. detebe 21826

Der Fall der Vera Hillyard, die kurz nach dem Krieg wegen Mordes zum Tod durch den Strang verurteilt und hingerichtet wurde, wird wieder aufgerollt. Briefe, Interviews, Erinnerungen, alte Photographien fügen sich zu einem Psychogramm, einer Familiensaga des Wahnsinns. Schicht um Schicht entblättert Barbara Vine die Scheinidylle eines englischen Dorfes, löst zähe Knoten familiärer Verflechtungen und entblößt schließlich ein Moralkorsett, dessen psychischer Druck nur noch mit Mord gesprengt werden konnte.

»Barbara Vine ist die beste Thriller-Autorin, die das an Krimi-Schriftstellern nicht eben arme England aufzuweisen hat. Ihr Buch ist ein Psycho-Thriller der Super-Klasse. Eine Reportage aus einer Zeit da die ›besseren Herren‹ bei Heirat noch eine Jungfrau erwarten durften – und die Frauen aus dem bürgerlichen Aufsteiger-Milieu eine Menge Tricks anwandten, um diesem Weltbild anscheinend zu entsprechen.«
Frankfurter Rundschau

»Es gibt Bücher, die man eher zufällig und ohne große Erwartungen in die Hand nimmt, um mal einen Blick hineinzuwerfen, und dann passiert es, daß man sich festliest und das Buch gar nicht mehr aus der Hand legen möchte. Barbara Vines Roman, raffiniert aufgebaut und meisterhaft erzählt, gehört für mich in diese Kategorie.« *Süddeutscher Rundfunk*

Celia Fremlin im Diogenes Verlag

Die Stunden vor Morgengrauen

Roman. Aus dem Englischen von Isabella Nadolny
detebe 21515

Nacht um Nacht schreit das Baby, ohne ersichtlichen Grund. Schlaflose Nächte lang beobachtet Louise ihr Baby und hofft auf Ruhe – für sich, ihre Familie und die neue Untermieterin, Miss Brandon. Aber aus ihrem halbwachen Dämmerzustand gibt es kein Entrinnen, sie gleitet hinüber in einen langen, quälenden Alptraum.

»Celia Fremlin erzählt so spannend, daß man unter Garantie eine wohlige Gänsehaut bekommt.«
Freundin, München

Wer hat Angst vorm schwarzen Mann?

Roman. Deutsch von Otto Bayer
detebe 21302

»Kein Anblick konnte dieser Tage mehr Schrecken einflößen als der eines gutgekleideten Mannes mit Notizbuch in der Hand beim Betrachten eines Grundstücks.« So beginnt ein psychologisch ebenso hinterhältiger wie spannender Roman rund um eine ganz gewöhnliche Familie auf dem Land: eine mißtrauische, etwas schwerhörige Großmutter, ihre zu Höherem berufene Tochter Claudia und das Enkelkind Helen.

Klimax

oder Außerordentliches Beispiel von Mutterliebe
Roman. Deutsch von Dietrich Stössel. detebe 20916

Stellen Sie sich eine ganz normale Familie aus Ihrer Nachbarschaft vor: nette, ruhige Leute, der Mann in guter Position, manchmal etwas mürrisch, aber man weiß ja, was im Beruf verlangt wird, die Frau reizend, spontan, hilfsbereit, die ihre zwei Töchter geradezu vergöttert, vielleicht etwas übertrieben. Eines Tages verlobt sich die älteste mit einem tüchtigen Buchhalter – und langsam zieht ein ganz gewöhnliches Grauen ein...

»Der Engländerin Celia Fremlin könnte es gelingen, der verehrten Spannungsautorin Margaret Millar den Rang abzulaufen.« *Wochenpresse, Wien*

Onkel Paul

Roman. Deutsch von Isabella Nadolny
detebe 22441

»Mit *Onkel Paul* übertrifft Celia Fremlin sogar ihren ersten Roman *Die Stunden vor Morgengrauen.* Ihre unheimliche Fähigkeit, die Kleinigkeiten des häuslichen Einerleis, die Langeweile und Enge des Familienalltags mit Merkwürdigem, Makabrem und Katastrophalem zu verbinden, macht ihre Geschichten einmalig.« *Times Literary Supplement, London*

...diesmal die Katastrophe um die drei Schwestern Mildred, Meg und Isabel – und natürlich Onkel Paul.

Die Spinnen-Orchidee

Roman. Deutsch von Isabella Nadolny
detebe 21727

Etwas muß geschehen, wenn eine aufregende Affäre plötzlich zur häuslichen Zweierkiste wird... Mit Entsetzen stellt Adrian fest, daß es vorbei ist mit seiner kostbaren Privatsphäre, als seine ›Frau für schöne Stunden‹, Rita, plötzlich bei ihm einzieht. Mit ihr hält auch der Haß Einzug: Adrian beginnt Rita zu hassen, Rita haßt dafür Amelia, Adrians 14jährige Tochter, die seine ungeteilte Liebe genießt, und Amelia – liebt ihren Lehrer. Als Rita eines Tages das Tagebuch des Mädchens, voller erotischer Tagträumereien, findet, sieht sie ihre Chance. Denn etwas muß geschehen – etwas wie Mord zum Beispiel...

»Celia Fremlin säße schon längst im Gefängnis, würde sie nicht schreiben.« *Emma, Köln*

Rendezvous mit Gestern

Roman. Deutsch von Karin Polz
detebe 21603

Milly macht sauber bei Leuten in Seacliffe. Diskret und gründlich räumt sie täglich die Reste von Mrs. Days wilden Nächten auf, versorgt Mrs. Grahams Baby mit ungeliebten Vitaminen, verleiht dem Haushalt von Mrs. Lane einen Hauch vom ehemaligen großbürgerlichen Glanz. Allabendlich kehrt sie müde und allein in ihre billige Pension zurück. Bei ihr ist nur die Erinnerung an ein ganz anderes Leben, an die Hölle vor dem Tod, die Ehe hieß. Doch vor der Hölle flieht man nicht so leicht...

»Eine Psycho-Krimi-Gruselstory von einer Spezialistin für die Abgründe im ganz alltäglichen Hausfrauendasein.« *Frankfurter Rundschau*

Ein schöner Tag zum Sterben

Erzählungen. Deutsch von
Ursula Koester-Roth
detebe 21985

»Der Engländerin Celia Fremlin könnte es gelingen, der verehrten Spannungsautorin Margaret Millar den Rang abzulaufen. Wie die Millar versteht sie es, das Unheimliche in höchst reputierlichen Wohnstuben auszumachen, die Nähe von Normalem und sogenanntem Abnormalem auszuloten und die Leser ihrer Geschichten ganz langsam ins Dickicht des lange Zeit Unerklärbaren zu locken. Spannungslektüre für Feinschmecker.« *Wochenpresse, Wien*

»Eine minutiöse psychologische Studie von subtiler, aber seltener Bösartigkeit.«
Süddeutscher Rundfunk, Stuttgart

»Ein Feuerwerk von gescheiten und spöttischen, bissigen und treffsicheren Formulierungen und Szenen.«
Die Zeit, Hamburg

»Ganz sicher wünscht sich frau, daß noch viele Thriller von Celia Fremlin in deutscher Sprache auf den Markt kommen.« *Emma, Köln*

Gibt's ein Baby, das nicht schreit?

Roman. Deutsch von
Isabella Nadolny
detebe 22430

Ein verträumtes fünfzehnjähriges Schulmädchen aus ›gutem Hause‹ wird schwanger und ist furchtbar stolz, Mutter zu werden. Da ihre besorgten Eltern aber glauben, daß Miranda gar nicht absehen kann, was es heißt, mit fünfzehn ein Kind zu bekommen, überreden sie sie zu einer Abtreibung. Danach beginnt sie ihre Eltern zu hassen und läuft von zu Hause weg. Fast wie von selbst entsteht durch Mirandas Tagträume eine verhängnisvolle Lüge: Sie behauptet, wegen ihrer Schwangerschaft von zu Hause ausgerissen zu sein. Diese Lüge zieht andere nach sich.

»Eine ausgezeichnete, geschickt angelegte Puzzle-Story, die sich einmal nicht um einen Toten, sondern um eine Geburt dreht. Ein scharfsinniger, witziger Roman.« *The Times, London*

Joan Aiken im Diogenes Verlag

Fanny und Scylla oder Die zweite Frau

Roman. Aus dem Englischen von Brigitte Mentz. Leinen

»In ein englisches Spukhaus des 18. Jahrhunderts und das bunt-grausame Indien der Maharadschas führt Publikumsliebling Joan Aiken in ihrem neuen aufregenden Roman *Fanny und Scylla*…
Joan Aiken verfügt, wenn man so will, über eine fast ausgestorbene Meisterschaft: Die Kunst, ungetrübtes Lesevergnügen zu bereiten.« *buch aktuell*

»Joan Aiken besitzt ein seltenes Erzähltalent, in dem sich psychologischer Scharfblick mit der Gabe vereinigt, den heutigen Leser in Spannung zu halten, obwohl die Handlung in eine ferne Vergangenheit führt.« *Die Furche, Wien*

Schattengäste

Roman. Deutsch von Irene Holicki
Leinen

»Eine Meisterin der Schauerromantik? Mehr noch, eine begnadete Erzählerin, die das Un-Begreifliche, das Un-Faßbare aus vergangenen und modernen Zeiten in mitreißende Geschichten packt, die ohne große Sentimentalität und falsches Spektakel auskommen. Joan Aikens *Schattengäste* ist ein wunderbares Buch über die unheimlichen Dinge des Lebens und wie man über einen Verlust zurück ins Leben findet.«
science fiction media, München

Du bist Ich

Die Geschichte einer Täuschung
Deutsch von Renate Orth-Guttmann
detebe 22429

Man schreibt das Jahr 1815. In einem feinen Mädchenpensionat in England stellen Alvey Clement und Louisa Winship fest, daß ein einzigartiges Band sie eint. Zwar stammen sie aus sehr unterschiedlichen Gesellschaftsschichten und sind vom Temperament her ganz verschieden, aber vom Aussehen her *sind sie sich völlig gleich*. Dieser überraschende Zufall paßt der verwöhnten Louisa sehr gut ins Konzept.

»Wie Patricia Highsmith versteht es Joan Aiken, eine Geschichte langsam anlaufen zu lassen und sie mit unerbittlicher Hand zum dramatischen Knoten und dessen Auflösung zu führen.« *Die Presse, Wien*

Das Mädchen aus Paris

Roman. Deutsch von
Nikolaus Stingl. detebe 21322

Wohin sie geht, zieht Ellen Paget Liebhaber an: den ambivalenten Professor Bosschère in Brüssel, den unberechenbar-eigenwilligen Comte de la Ferté in Paris, ihren Stiefbruder Bénédict. Ihre gebieterische Patin, Lady Morningquest, bereitet einer zarten Romanze ein rasches Ende und schickt Ellen nach Paris …

»Wieder einer der bestrickenden, aufregenden Romane, die Joan Aiken seit zwanzig Jahren zu einem Publikumsliebling machen.«
Publishers Weekly, New York

Ärger mit Produkt X

Roman. Deutsch von Karin Polz
detebe 21538

Als Martha Gilroy den Auftrag bekam, eine Werbekampagne für ein aufregendes neues Parfüm zu starten, hatte sie keine Ahnung, worauf sie sich da einließ. Eine Reise nach Cornwall, wo sie einige Werbeaufnahmen machen wollte, geriet zu einem Horrortrip.

»*Ärger mit Produkt X* ist der Titel eines herrlich spannenden Krimis, dessen Autorin einen Hang zur Satire hat. Dies macht die Lektüre so amüsant.«
Martina I. Kischke/Frankfurter Rundschau

Tote reden nicht vom Wetter

Roman. Deutsch von Nikolaus Stingl
detebe 21477

Jane, Graham und die beiden Kinder sind eine ganz normale Familie. Graham ist Architekt, Jane hat ihre Arbeit bei einer Londoner Filmfirma aufgegeben, seit sie in das neue, teure Haus auf dem Land gezogen sind. Geldprobleme zwingen Jane bald dazu, ihren alten Job wieder anzunehmen und dem finsteren Ehepaar McGregor tagsüber Haus und Kinder anzuvertrauen...

»Joan Aiken präsentiert uns rabenschwarze, schaurigschöne Geschichten.« *Die Welt, Bonn*

Die Kristallkrähe

Roman. Deutsch von
Helmut Degner. detebe 20138

Kleine alltägliche Schrecknisse steigern sich in der *Kristallkrähe* über große Verwirrungen zu einem finsteren Ende. Da ist die junge Schriftstellerin, die mit ihrer entsetzlich eifersüchtigen Freundin zusammenlebt, die Ärztin und ihr Bruder, dem sie eine tödliche Krankheit bescheinigt, dazu kommen diverse Schizophrene und Depressive und – ein entwichener Leopard.

»Als ihr Krimi *Die Kristallkrähe* erschien, verglichen die Kritiker sie mit Patricia Highsmith, Celia Fremlin und Margaret Millar. Wenn eine Bezeichnung auf sie paßt, dann wäre das: Storyteller, Geschichtenerzählerin.« *Titel, München*

Der eingerahmte Sonnenuntergang

Roman. Deutsch von Karin Polz
detebe 21473

Lucy reist nach England, um herauszufinden, was mit ihrer alten Tante Fennel und deren Freundin geschehen ist. Die beiden alten Damen lebten im High Beck Cottage am Rand des Hochmoors von Yorkshire. Nun scheinen sie verschwunden zu sein. Was wie ein ganz normaler Verwandtenbesuch beginnt, entwickelt sich rasch zu einem gefährlichen Abenteuer für Lucy...

»Das Beiwort ›unterhaltsam‹ ist für den Psycho-Thriller *Der eingerahmte Sonnenuntergang* von Joan Aiken schlichte Tiefstapelei. Die Lektüre dieses Buches ist ein hochgradiges Vergnügen.«
Martina I. Kischke / Frankfurter Rundschau

Haß beginnt daheim

Roman. Deutsch von Nikolaus Stingl
detebe 21686

Nach einem Nervenzusammenbruch ist Caroline zur Erholung bei ihrer Familie: der Mutter Lad, Trevis, der älteren Schwester Hilda und einer alten Tante. Doch statt zu genesen, wird sie immer verwirrter...

»Das Quartett der vier bösen Damen – Patricia Highsmith, Margaret Millar, Ruth Rendell [d.i. Barbara Vine] und Joan Aiken – ist auf dem Gebiet des Psycho-Krimis nicht zu schlagen. Die Damen verbreiten jenen sanften Schrecken, dem Thriller-Fans nicht widerstehen können.«
Martina I. Kischke / Frankfurter Rundschau

Der letzte Satz

Roman. Deutsch von Edith Walter
detebe 21743

Willkommen in Helikon, dem eleganten Insel-Sanatorium, das seine Gäste vor allen Bedrohungen schützen kann. Außer vor sich selber…

»Dieses Buch ist eine Wonne!« *The Times, London*